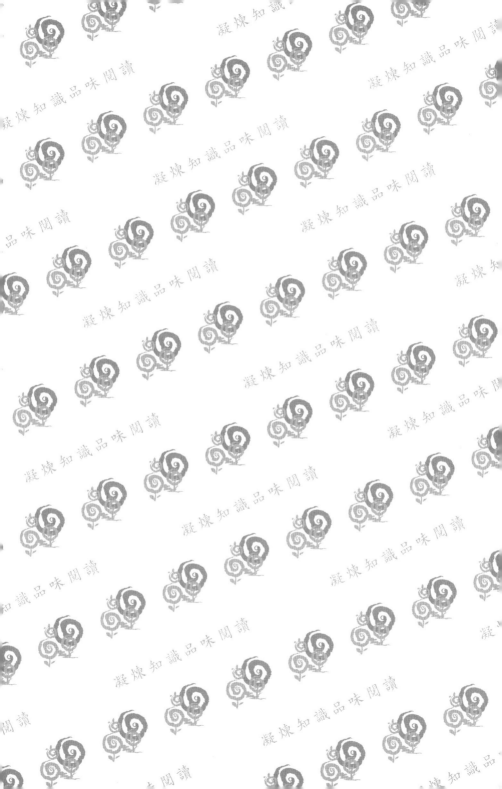

小學生
詞性造句詞典

鄭定歐 編著

五南圖書出版公司 印行

特點圖示

• 同詞條、同詞性但解釋不同的字詞，以「1-1」、「1-2」、「1-3」等格式分項標註，不易混淆，易於分辨。

三畫 —— • 側邊筆畫標示，方便查閱。

小 1-1 詞性 形容詞 ㄒㄧㄠˇ

造句 冰箱太**小**，不能放很多東西。

說明 大的冰箱才能放很多東西。這是說地方的大小。

小 1-2 詞性 形容詞 ㄒㄧㄠˇ

造句 你說話的聲音太**小**，我聽不見。

說明 你說話的聲音大一點兒，我才能聽見。這是說聲音的大小。

小 1-3 詞性 形容詞 ㄒㄧㄠˇ

造句 妹妹年紀**小**，卻學著姊姊打扮。

說明 妹妹才五歲，卻學著姊姊穿漂亮的裙子。這是說年紀的大小。

【小心】 1 詞性 動詞 ㄒㄧㄠˇ ㄒㄧㄣ

造句 外面很冷，多穿一些衣服，**小心**感冒。

說明 外面很冷，注意多穿一些衣服，別得感冒。

【小心】 2 詞性 形容詞 ㄒㄧㄠˇ ㄒㄧㄣ

造句 用刀子切東西要特別**小心**。

• 同詞條但詞性不同的字詞，以「1」、「2」、「3」等格式分項標註，以利小學生比較詞條。

• 依教育部審訂音標註讀音，並以套色的方式處理，以利閱讀。

• 以具體、生活化的造句，貼近小學生的學習心理。

花[1] ㄏㄨㄚ
詞性：名詞

造句：這幾朵**花**，你喜歡哪一朵？

說明：一種植物，開的時候很香，很好看。

花[2-1] ㄏㄨㄚ
詞性：動詞

造句：今天我**花**了三百元。

說明：我用了三百元買東西。

• 先造句後說明的設計，有助於理解字詞的意義。

• 對於收錄的詞語詞性類別之所屬，加以標註。

花[2-2] ㄏㄨㄚ
詞性：動詞

造句：今天我**花**了一小時打掃房間。

說明：我用了一小時打掃房間。

【花光】ㄏㄨㄚ ㄍㄨㄤ
詞性：動詞

造句：我的三百元**花光**了。

說明：用得一點錢也沒有了。

【花園】ㄏㄨㄚ ㄩㄢˊ
詞性：名詞

造句：爺爺家後面有一個小**花園**。

說明：一個種著很多花的地方。

• 造句內與收錄詞條相同的字詞，以套色的方式處理，加深學習印象。

編著者簡介

鄭定歐，生於香港。一九八三年獲法國巴黎第七大學語言信息處理研究所博士學位，專攻極適合於詞典編纂的歐洲「詞彙-語法」。二〇〇六年自香港城市大學中文、翻譯及語言學系退休。掌握英語、法語，熟悉俄語、葡萄牙語。對歐洲及東南亞國際華語教學以及與此相關的多語學習詞典學（包括兒童及成人）十分了解，曾多次往赴上述地區（英國、法國、德國、比利時、葡萄牙和泰國、印尼、新加坡、馬來西亞以及韓國）作學術交流。

一九八七年開始參加臺灣之世華會、臺華會（臺北、高雄、臺南）活動。一九九六年開始參與《中華大辭林》編寫工作。二〇一一年與臺灣師範大學合作，主編《基礎華語學習詞典》，曾出版學術專著兩種，辭書兩種以及曾發表論文五十多篇。現爲以國際華語爲主導的、多語學習詞典自由編撰者。

序

謝謝您打開「我」——您手中拿著的《小學生詞性造句詞典》。請您利用一分鐘時間把下面的文字讀一讀，然後把書閉上，平心靜氣地考慮一下是否把它買下；這樣至少避免浪費您的金錢。

全世界的兒童社會學家、兒童心理學家、兒童教育學家一致認爲，兒童言語能力的培養是基礎教育的核心環節。言語能力是什麼？就是造句能力，就是懂得用正確得體的句子自我表達、人際交流的能力。於此，造句詞典是不可或缺的工具。事實上，早在上世紀七、八十年代，歐洲已開始研製並出版面向小學生的、日臻成熟的造句詞典。他們的詞典跟我們當前仍流行於坊間的詞典最大的區別表面上看在於「定義」（definition）和「示例」（exemplification）排列次序之不同。出於慣性思維，我們總是「迷信」定義而把示例視作可有可無的尾巴。歐洲學者卻把這種關係顚倒過來，認爲示例是小學生詞典的主人而定義不過是完全操控在主人手裡的僕人。我們靜心想想，不難理解到歐洲人的想法倒是符合小學生的學習心理的，即示例由於其具體性應爲第一性，定義由於其抽象性應爲第二性。我們編寫這本詞典的原始理念正是來自歐洲學界的啓發。

我們的目標讀者爲十歲左右、在校學習的小朋友。他們的理解能力往往局限於在周遭環境裡遇得上、看得見、摸得著、聽說過、經歷過、體驗過。因而嘗試加以描述並與別人交流的種種社會現象和心理現象。這就是我們所說的「示例」的設置基礎及原則。當他們打開我們詞典正文的第一頁，撲面而來的活生生的示例，而不是冷冰冰的、往往超越他們接受能力的所謂「定義」，我們並不是嘗試擯除「定義」，而是力求把它具體化，情景化，與「示例」一道平行地交給他們，促使他們進行定向聯想，以達到套用活用的目的。從這個角度出發，我們把示例改稱爲造句，置於第一位；把定義改稱爲說明，置於第二位。

一分鐘時間到了。謝謝您的閱讀，懇切希望得到您的理解。

編著者　鄭定歐

寫於香港城市大學校園

體例特色

本詞典的體例特色分三方面介紹一下。

一、類型

本詞典的名稱為《小學生詞性造句詞典》（下稱《本詞典》），包含四個層面的意思。

㈠「小學生」：定位為十歲左右的、在校學習的小朋友。

㈡「詞性」：對於所收錄的詞語類別之所屬，本詞典全部加以標註。

㈢「造句」：對於所收錄的詞語的意義，本詞典全部配置完整的、規範的句子加以顯化。

㈣「詞典」：其主要功能在於給讀者提供所收錄的詞語用法上的指導。可以說，《本詞典》完全符合上述各項的要求。

二、宏觀設計

這基本上涉及到收詞的詞類範圍。詞、詞組沒有問題，成語呢？問題來了。我們認爲，由於目標讀者年齡上的緣故，傳統意義的「成語」（四言格）應該放在後續的學習階段去處理，因爲他們目前還體驗不了箇中的文化底蘊，語境上限制的要求。基於此，《本詞典》並不考慮收錄成語，以減輕小學生的學習負荷。試想，如果一本辭典在其羅列的八百多條的條目中，成語竟占百分之六十三（即五百多），那恐怕是很大的浪費。

三、微觀結構

微觀結構牽涉的問題較多，我們刻意把《本詞典》與流行於坊間的另一本造句辭典作一比較，以凸顯我們的編纂特色，我們取【一直】爲例，如下圖示：

某辭典	本詞典
解釋：連續不斷或直向前去。 造句： (1)你怎麼一直扯我的後腿？ (2)上課時小強一直偷看漫畫。	詞性：副詞 造句：你一直走，就會看見捷運站。 說明：你往前走一段路，不要轉彎就會看見。
	詞性：副詞 造句：最近三天，天氣一直不好。 說明：前天、昨天和今天天氣都不好。
	詞性：副詞 造句：小敏一直坐在那裡看書。 說明：小敏在那裡坐了很長時間看書。

相比之下，我們可以在某辭典裡找出十點值得商榷的地方。

㈠採用傳統的「解釋在前，造句在後」的方式有違兒童的學習心理。

㈡並沒有明示條目的詞性，讀者無法準確自行造句。

㈢解釋中採取糅合的方式，即兩個不同的意義僅用一個「或」字間隔開而並沒有加以分立，讀者容易混淆。

㈣解釋中所用的詞語，讀者並不熟悉，因爲⑴並非最常用的詞語；⑵辭典裡並沒有正確收錄。

㈤解釋中所用的詞語，在詞性歸屬上失之籠統，容易誤導讀者；「連續不斷」可以理解爲動詞而「直向前去」則明示爲動詞。這就直接違反了國語的語言事實。

㈥解釋與造句並沒有平行配合。造句的兩個例子都是對應第一個意義，即連續不斷，而與第二個意義相配合的例子卻沒有。

㈦解釋與造句中表示出來的意義不一致，如「上課時小強一直偷看漫畫」中的「一直」既不表示「連續不斷」，也不表示「直向前去」。

㈧這跟上述的第四點相似，即造句中所用的詞語，讀者並不熟悉，要麼並非最常用的詞語，要麼辭典裡並沒有正確收錄，如：「扯後腿」、「偷看」、「漫畫」。

㈨造句中出現的難詞，辭典並沒有任何提示，如像「扯我的後腿」的比喻用法，對小學生來說，實屬多餘。

(十)「上課時小強一直偷看漫畫」，句子結構沒問題，但出現負面的內容恐怕並不恰當。

針對上述的不足，《本詞典》爲對讀者負責決然採取下列的做法：

(一)採取三段法，依次爲：詞性、造句、說明。

(二)涉及的詞性分別爲：

類	名稱	說明	示例
詞	數詞	表示多少的詞。	我十歲，妹妹七歲。
	量詞	置於名詞前，說明該名詞的類別。	一支筆。
	限定詞	用在名詞前面，表示數量或頻率。	媽媽買了一些糖果。 媽媽每天都去南門市場。
	名詞	表示人和事物名稱的詞。	媽媽、學校。
	代詞	表示代替名詞的詞。	他（指我弟弟）五歲了。
	助動詞	用在動詞前面，表示能力或意願。	我會游泳。 我不想去。

類	名稱	說明	示例
詞	動詞	表示人的動作的詞。	爸爸笑了。
	形容詞	表示你對人和事物的看法的詞。	妹妹眞胖。 姊姊的裙子很漂亮。
	副詞	表示你怎麼做和你怎麼判斷。	我馬上回家。 麵包十分好吃。
	成對副詞	兩個相同的副詞一起用，分別說明兩個不同的動作。	我們一邊唱歌一邊跳舞。
	介詞	跟名詞一起用，表示地方等。	我在捷運站等你。
	連詞	連接名詞等的詞。	我和哥哥上公園。
	助詞	表示動作發生的方式，如很短時間。	我能用一下你的鉛筆嗎？ 我去過花蓮，你去過嗎？
	關聯詞	表示兩個句子之間的關係。	雖然下雨，但是他們都來了。

類	名稱	說明	示例
詞	疑問詞	表示提出問題的詞。	你今天爲什麼遲到呢？
	感歎詞	用在句子的最前面，表示對人對事好的或不好的反應。	啊，多可愛的小狗。 糟糕，我忘了帶練習本。
	語氣詞	用在句子的最後面，表示建議或疑問。	你也去吧。 你爲什麼不去呢？
語	補語	用在動詞或形容詞後面，補足它們的意思。	我們等了很久了。 姊姊穿上新裙子，好看極了。
	習用語	表示人們習慣這樣用的方式，不能更改。	不要緊，你明天來也行。 別急，我們還有時間。
	招呼語	用來引起別人的注意。	喂，我們先走了。
	感謝語	用來感謝別人的詞語。	你送給我的禮物眞好，謝謝。
	告別語	用來向別人道別。	我該走了，再見。
句	小句	表示特定的用法，學生應該整體地記著來用。	現在究竟幾點了，我的錶慢了。

㈢《本詞典》的主人公是小明和小敏，同一年齡、同一班級，但由於性別不同，觀點與角度有別，這就很自然地幫助我們設定最合適的情景，選用最合適的詞語，造出小學生所熟悉的、所喜歡看的句子。這就是「造句」環節，目的在於引發他們學習的興趣，催生他們學習的信心，讓他們學會辨析詞性、感知結構並通過套用已學句式從而正確地、得體地跟別人說話交流。如上表的【一直】，作爲副詞，在句子裡只能用在主語名詞和述語動詞之間，意義上分別說明「你怎麼走」、「天氣怎麼不好」以及「小敏怎麼看書——長時間或者短時間」。

㈣《本詞典》下工夫細化義項，力求做到一義一句。如【一直】就有三個義項，三個句子，三個說明，全都是那麼淺顯明白、朗朗上口，從而大大地提高各個設定條目的適讀性，讓小學生把查詞典、讀詞典、背詞典中的例句看成是一件樂事。

㈤爲了使小讀者準確地把握造句的意義，設置「說明」環節。依據條目的詞性，用另一種方式，變換著詞語，引導他們定向聯想。這樣就把言語技巧的訓練跟思維激化的訓練結合在一起。這兩種訓練同時交給小讀者讓他們自由發揮。而這正是《本詞典》的全稱：《詞性造句詞典》的眞正含義。

總括起來，上述諸點正是《本詞典》的五大特色。

目錄

索引

一畫

一

詞性 數詞 ㄧ

造句 我沒買兩張票，我只買了一張。

說明 最小的數字，我們說「一張」、「兩張」等。

【一…也】

詞性 關聯詞 ㄧ…ㄧㄝˇ

造句 我們班的同學一個**也**不少。

說明 我們班的同學都來了。

【一…就】

詞性 關聯詞 ㄧ…ㄐㄧㄡˋ

造句 他一看見我**就**跑了。

說明 他看見我的時候，馬上跑了。

【一下】

詞性 副詞 ㄧˊ ㄒㄧㄚˋ

造句 小明餓了，一**下**就吃了一碗飯。

說明 很快就吃了一碗飯。

【一下】[2]

詞性 助詞 ㄧˊ ㄒㄧㄚˋ

造句 你的書我能看一**下**嗎？

說明 我能看幾分鐘嗎？

【一下子】

詞性 副詞 ㄧˊ ㄒㄧㄚˋ ˙ㄗ

造句 天氣一**下**子冷了很多。

說明 很短時間內。

【一切】

詞性 限定詞 ㄧˊ ㄑㄧㄝˋ

造句 我的一**切**東西都是父母給的。

說明　我所有的東西都是父母給的。

【一半】　詞性：名詞　ㄧˊ ㄅㄢˋ

造句　我們班的同學只來了一半。

說明　我們班有二十個同學，來了十個。

【一共】　詞性：副詞　ㄧˊ ㄍㄨㄥˋ

造句　我們學校一共有八百名學生。

說明　所有的班級都算上，有八百名學生。

【一些】　詞性：限定詞　ㄧˋ ㄒㄧㄝ

造句　我這裡還有一些紙，你用吧。

說明　不是很多的紙。

【一定】[1-1]　詞性：副詞　ㄧˊ ㄉㄧㄥˋ

造句　他到現在還沒來，一定是忘了。

說明　我相信他是忘了。

【一定】[1-2]　詞性：副詞　ㄧˊ ㄉㄧㄥˋ

造句　他跟我說過，明天一定來。

說明　他跟我說過，不管發生什麼情況，明天都會來的。

【一直】[1-1]　詞性：副詞　ㄧˋ ㄓˊ

造句　你一直走，就會看見捷運站。

說明　你往前走一段路，不要轉彎就會看見。

【一直】[1-2]　詞性：副詞　ㄧˋ ㄓˊ

造句　最近三天，天氣一直不好。

說明 前天、昨天和今天天氣都不好。

1-3

【一直】 詞性 副詞 ㄧˋ ㄓˊ

造句 小敏**一直**坐在那裡看書。

說明 小敏在那裡坐了很長時間看書。

【一起】 詞性 副詞 ㄧˋ ㄑㄧˇ

造句 我們一**起**照個相吧。

說明 我們大家都在這裡，照個相吧。

【一塊】 詞性 副詞 ㄧˊ ㄎㄨㄞˋ

造句 我們倆一**塊**來的，還是一**塊**走吧。

說明 我們倆來的時間一樣，走的時間也一樣好了。

1

【一會兒】 詞性 名詞 ㄧˋ ㄏㄨㄟˇ ㄦ

造句 我們休息一**會兒**吧。

說明 我們休息幾分鐘吧，時間不長。

2

【一會兒】 詞性 副詞 ㄧˋ ㄏㄨㄟˇ ㄦ

造句 你在這裡等我，我一**會兒**回來。

說明 我幾分鐘後就回來，很短時間。

【一樣】 詞性 形容詞 ㄧˊ ㄧㄤˋ

造句 我跟小明穿一**樣**的衣服。

說明 樣子相同，顏色相同。

【一點兒】 詞性 名詞 ㄧˋ ㄉㄧㄢˇ ㄦ

造句 鹽只要放一**點兒**就夠了。

說明 只要放很少就夠了。

【一邊】[1-1] 詞性：名詞 ㄧˋ ㄅㄧㄢ

造句　這張桌子一**邊**高，一**邊**低。

說明　這張桌子不平，是斜的。

【一邊】[1-2] 詞性：名詞 ㄧˋ ㄅㄧㄢ

造句　你別過來，先在一**邊**等著。

說明　在附近一個地方等著。

二畫

七 詞性：數詞 ㄑㄧ

造句　一個星期有**七**天。

說明　在六和八之間的數字。

九 詞性：數詞 ㄐㄧㄡˇ

造句　四加五等於**九**。

說明　4＋5＝9。

了[1-1] 詞性：助詞 ˙ㄌㄜ

造句　昨天小明的叔叔到**了**臺北。

說明　小明的叔叔今天在臺北。

了[1-2] 詞性：助詞 ˙ㄌㄜ

造句　今天小敏說她不去**了**。

說明　以前小敏想去，今天她變了，不想去。

二 詞性：數詞 ㄦˋ

造句　小明得第一名，誰得第**二**名？

說明 「一」的後面是「二」。

人

詞性 名詞 ㄖㄣˊ

造句 **人**會說話，小狗不會說話。

說明 活的動物中，會說話的是「人」，不會說話的，不可以叫做「人」。

【人們】

詞性 名詞 ㄖㄣˊ ·ㄇㄣ

造句 這幾年，**人們**賺的錢多了。

說明 許多人。

【人家】

詞性 代詞 ㄖㄣˊ ㄐㄧㄚ

造句 蘋果不是我買的，是**人家**給的。

說明 不是我買的，是別人給的。

入

ㄖㄨˋ

【入口】

詞性 名詞 ㄖㄨˋ ㄎㄡˇ

造句 電影院的**入口**在右邊。

說明 進去電影院的門在右邊。從電影院出來的門叫「出口」。

八

詞性 數詞 ㄅㄚ

造句 我最喜歡的數字是**八**。

說明 「七」後面的數字。

刀

ㄉㄠ

【刀子】

詞性 名詞 ㄉㄠ ·ㄗ

造句 媽媽拿一把**刀子**切蛋糕。

說明 長長的，用來切東西的。

力

ㄌㄧˋ

【力氣】 詞性｜名詞 ㄌㄧˋ ㄑㄧˋ

造句 小明力氣大，能搬動這張桌子。

說明 桌子很重，小明一個人能搬動它。小敏力氣小，她搬不動。

十 詞性｜數詞 ㄕˊ

造句 我們現在是九個人，再加上小明就是十個人。

說明 九後面的數字。

【十分】 詞性｜副詞 ㄕˊ ㄈㄣ

造句 我覺得媽媽十分漂亮。

說明 很漂亮，非常漂亮。

又[1-1] 詞性｜副詞 ㄧㄡˋ

造句 他喝了一杯茶，接著又喝了一杯。

說明 他現在一共喝了兩杯茶。

又[1-2] 詞性｜副詞 ㄧㄡˋ

造句 我去了商店，接著又去了郵局。

說明 我一共去了兩個不同的地方。

【又…又】 詞性｜副詞 ㄧㄡˋ…ㄧㄡˋ

造句 小敏家的廚房又大又乾淨。

說明 廚房大和乾淨。

三畫

三 詞性｜數詞 ㄙㄢ

造句 他們三個人都是我的同班同學。

說明 二跟四之間的數字。

下[1] 詞性 量詞 ㄒㄧㄚˋ

造句 我在門上敲了一下，門就開了。

說明 用在動詞後面，表示很短的時間。

下[2] 詞性 名詞 ㄒㄧㄚˋ

造句 他的教室在樓上，我的教室在樓下。

說明 他的教室在這樓的第二層，我的教室在第一層。

下[3] 詞性 動詞 ㄒㄧㄚˋ

造句 我下樓梯的時候，碰見了小明。

說明 我從樓梯走下來的時候。

【下午】 詞性 名詞 ㄒㄧㄚˋ ㄨˇ

造句 我中午在家吃飯，下午就走。

說明 中午以後到晚上的一段時間。

【下去】 詞性 動詞 ㄒㄧㄚˋ ㄑㄩˋ

造句 有人叫你，下去看看誰在樓下。

說明 到樓下去，看看誰在叫你。

【下車】 詞性 動詞 ㄒㄧㄚˋ ㄔㄜ

造句 車還沒停好，別急著下車。

說明 從車上下來。

【下來】 詞性 動詞 ㄒㄧㄚˋ ㄌㄞˊ

造句 我在樓下叫他，他馬**上下來**了。

說明 從樓上走到樓下。

【下雨】 詞性｜動詞 ㄒㄧㄚˋ ㄩˇ

造句 外面在**下雨**，拿把雨傘吧。

說明 雨從天上降下來。

【下面】 詞性｜名詞 ㄒㄧㄚˋ ㄇㄧㄢˋ

造句 桌子**下面**有一雙鞋。

說明 有一雙鞋在桌子下的地面上。

【下課】 詞性｜動詞 ㄒㄧㄚˋ ㄎㄜˋ

造句 數學課是九點**下課**。

說明 九點以後不再是數學課了。

上 1

詞性｜名詞 ㄕㄤˋ

造句 你往**上**看看，天空有一個氣球。

說明 往上面看。

上 2-1

詞性｜動詞 ㄕㄤˋ

造句 你要到我的教室得**上**三樓。

說明 從你站著的一樓往三樓的方向走。

上 2-2

詞性｜動詞 ㄕㄤˋ

造句 只要是去玩，**上**哪裡我都願意。

說明 去哪裡我都願意。

【上午】 詞性｜名詞 ㄕㄤˋ ㄨˇ

造句 你明天是**上午**來，不是下午來。

說明
白天十二點鐘以前叫「中午」，過了十二點鐘叫「下午」。

【上去】 詞性｜動詞 ㄕㄤˋ ㄑㄩˋ

造句 他在九樓，我搭電梯上去。

說明
我搭電梯從一樓到九樓去。

【上衣】 詞性｜名詞 ㄕㄤˋ ㄧ

造句 這件上衣配這條褲子眞好看。

說明
「上衣」是上半身穿的衣服；褲子和裙子是下半身穿的衣服。

【上來】 詞性｜動詞 ㄕㄤˋ ㄌㄞˊ

造句 三樓的同學在叫我們：「快上來」。

說明
快從一樓到三樓來。

1-
【上面】 詞性｜名詞 ㄕㄤˋ ㄇㄧㄢˋ

造句 桌子上面擺著一個水果盤。

說明
桌子放東西的一面。

1-2
【上面】 詞性｜名詞 ㄕㄤˋ ㄇㄧㄢˋ

造句 他上面有一個哥哥、一個姊姊。

說明
他的母親有三個孩子，他是第三個孩子。

【上班】 詞性｜動詞 ㄕㄤˋ ㄅㄢ

造句 我的爸爸媽媽都在上班。

說明
都工作，賺錢給家裡用。

1-1
【上課】 詞性｜動詞 ㄕㄤˋ ㄎㄜˋ

造句 小明正在上語文課。

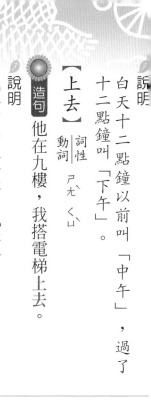

說明 在教室裡學習語文。

1-2

【上課】 詞性 動詞 ㄕㄤˋ ㄎㄜˋ

造句 我們很喜歡**上**李老師的**課**。

說明 很喜歡聽李老師講課。

【上學】 詞性 動詞 ㄕㄤˋ ㄒㄩㄝˊ

造句 這個星期六上午我得**上學**。

說明 到學校學習。

【上邊】 詞性 名詞 ㄕㄤˋ ㄅㄧㄢ

造句 我和弟弟睡上下鋪，我睡**上邊**。

說明 上下鋪有兩層，我睡上邊的一層，弟弟睡下邊的一層。

久 ㄐㄧㄡˇ

【不久】 詞性 補語 ㄅㄨˋ ㄐㄧㄡˇ

造句 哥哥去了臺南**不久**。

說明 去了臺南不長的時間。

【很久】 詞性 補語 ㄏㄣˇ ㄐㄧㄡˇ

造句 我們離開高雄**很久**了。

說明 離開高雄很長的時間。

【太久】 詞性 補語 ㄊㄞˋ ㄐㄧㄡˇ

造句 他們等得**太久**，都走了。

說明 等的時間太長。

【有多久】 詞性 動詞 ㄧㄡˇ ㄉㄨㄛ ㄐㄧㄡˇ

造句 他們來了**有多久**？

說明　他們到這裡來有多長的時間？

1-1
也
詞性　副詞　ㄧㄝˇ

造句　小敏來了，小明**也**來了。

說明　小敏和小明一樣，都來了。

1-2
也
詞性　副詞　ㄧㄝˇ

造句　你不說，我**也**知道。

說明　你說或不說都沒關係，我已經知道了。

1-3
也
詞性　副詞　ㄧㄝˇ

造句　這些人我誰**也**不認識。

說明　這些人是誰？我全不認識。

【也許】
詞性　副詞　ㄧㄝˇ ㄒㄩˇ

造句　我們的老師**也許**有五十歲了。

說明　我猜我們的老師可能有五十歲。

勺
ㄕㄠˊ

【勺子】
詞性　名詞　ㄕㄠˊ ˙ㄗ

造句　我們有筷子，但是缺一把勺子。

說明　筷子用來吃飯吃菜，勺子用來喝湯。

千
詞性　數詞　ㄑㄧㄢ

造句　我在二年級已經認識一千個字了。

說明　十個一百就是一千。

口
詞性　量詞　ㄎㄡˇ

造句　我家有五口人。

說明　用在家裡的「人」前面。

大[1-1]　詞性｜形容詞　ㄉㄚˋ

造句　家裡的客廳比我的房間**大**。

說明　表示地方大。客廳可以坐十個人，我的房間只能坐兩個人。所以客廳大，我的房間小。

大[1-2]　詞性｜形容詞　ㄉㄚˋ

造句　我年紀**大**，十歲；小明年紀小，七歲。

說明　表示年齡大。

【大人】　詞性｜名詞　ㄉㄚˋ ㄖㄣˊ

造句　哥哥已經十八歲，是個**大人**了。

說明　不再是孩子，應該懂得很多事情了。

【大衣】　詞性｜名詞　ㄉㄚˋ ㄧ

造句　天氣太冷，最好穿上**大衣**。

說明　穿在外面，又長又厚的衣服。

【大前天】　詞性｜名詞　ㄉㄚˋ ㄑㄧㄢˊ ㄊㄧㄢ

造句　今天是四月七日，**大前天**是四月四日。

說明　三天之前的那一天是四月四日。

【大後天】　詞性｜名詞　ㄉㄚˋ ㄏㄡˋ ㄊㄧㄢ

造句　今天是五月二日，**大後天**是我的生日。

說明　三天以後，也就是五月五日，是我的生日。

【大約】　詞性｜副詞　ㄉㄚˋ ㄩㄝ

造句 我手裡大約有三百元。

說明
也許是二百八、九十元，也許是三百元。

1-1
【大家】 詞性 代詞 ㄉㄚˋ ㄐㄧㄚ

造句 我和你都去，**大家**一塊走吧。

說明
所有人都去。

1-2
【大家】 詞性 代詞 ㄉㄚˋ ㄐㄧㄚ

造句 他想去，但是**大家**不想去。

說明
除了他之外的人都不想去。

1-3
【大家】 詞性 代詞 ㄉㄚˋ ㄐㄧㄚ

造句 你來了，我們**大家**都很高興。

說明
這裡的「大家」跟「我們」、「你們」一塊用，表示「我們」、「你們」包括所有人。

【大街】 詞性 名詞 ㄉㄚˋ ㄐㄧㄝ

造句 和平東路是一條很長的**大街**。

說明
有很多人，很多車的地方。

【大聲】 詞性 副詞 ㄉㄚˋ ㄕㄥ

造句 小明習慣**大聲**說話。

說明
小明說話的時候，聲音很大，這是他的習慣。

女
詞性 形容詞 ㄋㄩˇ

造句 **女**孩子愛穿裙子。

說明
「女」，像奶奶、媽媽、姊姊、妹妹。

【女兒】 詞性 名詞 ㄋㄩˇ ㄦˊ

造句 叔叔沒有兒子，有兩個**女兒**。

說明 叔叔有兩個孩子，都是女的。

小 1-1

詞性：形容詞　ㄒㄧㄠˇ

造句 冰箱太**小**，不能放很多東西。

說明 大的冰箱才能放很多東西。這是說地方的大小。

小 1-2

詞性：形容詞　ㄒㄧㄠˇ

造句 你說話的聲音太**小**，我聽不見。

說明 你說話的聲音大一點兒，我才能聽見。這是說聲音的大小。

小 1-3

詞性：形容詞　ㄒㄧㄠˇ

造句 妹妹年紀**小**，卻學著姊姊打扮。

說明 妹妹才五歲，卻學著姊姊穿漂亮的裙子。這是說年紀的大小。

小 1-4

詞性：形容詞　ㄒㄧㄠˇ

造句 我們班很**小**，只有十二個同學。

說明 他們班很大，有三十個同學。這是說人數的多少。

【小心】 1

詞性：動詞　ㄒㄧㄠˇ ㄒㄧㄣ

造句 外面很冷，多穿一些衣服，**小心**感冒。

說明 外面很冷，注意多穿一些衣服，別得感冒。

【小心】 2

詞性：形容詞　ㄒㄧㄠˇ ㄒㄧㄣ

造句 用刀子切東西要特別**小心**。

說明 要非常留意，別讓刀子割傷了手指。

【小孩】 詞性 名詞 ㄒㄧㄠˇ ㄏㄞˊ

造句 他家有三個小孩，都在上小學。

說明 年紀不到十二歲的都叫「小孩」。

【小時】 詞性 名詞 ㄒㄧㄠˇ ㄕˊ

造句 從我家到學校，要半個小時。

說明 半個小時是三十分鐘，一個小時是六十分鐘。

【小學】 詞性 名詞 ㄒㄧㄠˇ ㄒㄩㄝˊ

造句 我今年八歲，正在上小學。

說明 「小學」是六到十二歲的孩子上學的地方。

山

詞性 名詞 ㄕㄢ

造句 我們全家人都喜歡爬山。

說明 地面上很高很高的石塊堆。

【山頂】 詞性 名詞 ㄕㄢ ㄉㄧㄥˇ

造句 哥哥第一個爬到了山頂。

說明 山最高的地方。

已 ㄧˇ

【已經】 詞性 副詞 ㄧˇ ㄐㄧㄥ

造句 小敏已經走了半小時。

說明 小敏離開這裡到現在有三十分鐘了。

才 1-1

詞性 副詞 ㄘㄞˊ

造句 我才來臺北。

說明　我到臺北很短時間。

才 1-2

詞性　副詞　ㄘㄞˊ

造句　小明七歲**才**上學。

說明　小明晚上學，都七歲了。

才 1-3

詞性　副詞　ㄘㄞˊ

造句　現在**才**六點，別著急。

說明　晚飯七點開始，還早呢，別擔心。

四畫

不

詞性　副詞　ㄅㄨˋ

造句　小敏來，小明**不**來。

說明　小敏一個人來。

【不一定】

詞性　副詞　ㄅㄨˋ ㄧˊ ㄉㄧㄥˋ

造句　我**不一定**會去，有時間就去。

說明　不一定去，就是說：可能去，可能不去。

【不小心】

詞性　副詞　ㄅㄨˋ ㄒㄧㄠˇ ㄒㄧㄣ

造句　我**不小心**弄髒了襯衫。

說明　如果我小心點，注意點，就不會弄髒襯衫了。

【不少】

詞性　名詞　ㄅㄨˋ ㄕㄠˇ

造句　昨天她吃得不多，今天吃了**不少**。

說明　很多。

【不止】 詞性：副詞 ㄅㄨˋ ㄓˇ

造句：這次**不止**你一個人去。

說明：你去，但也有不少人去。

【不用】 詞性：助動詞 ㄅㄨˋ ㄩㄥˋ

造句：行李不重，你**不用**幫我拿了。

說明：我自己拿就可以了。

【不同】 詞性：形容詞 ㄅㄨˋ ㄊㄨㄥˊ

造句：媽媽和姊姊的裙子顏色**不同**。

說明：一條黃色，一條紅色，顏色不一樣。

【不同的】 詞性：形容詞 ㄅㄨˋ ㄊㄨㄥˊ ˙ㄉㄜ

造句：我和弟弟讀**不同的**學校。

說明：我讀第三國小，他讀第五國小，這是不同的學校。

【不在】 詞性：動詞 ㄅㄨˋ ㄗㄞˋ

造句：李老師在嗎？——**不在**。

說明：李老師到別的地方去了。

【不好】 詞性：動詞 ㄅㄨˋ ㄏㄠˇ

造句：拿了別人的東西不還，**不好**。

說明：這樣做不應該。

【不如】 詞性：動詞 ㄅㄨˋ ㄖㄨˊ

造句：搭公車**不如**搭捷運。

說明：搭捷運比搭公車好。

【不行】 詞性：動詞 ㄅㄨˋ ㄒㄧㄥˊ

造句 我語文還行，數學不行。

說明 我語文成績比較好，數學成績不好。

【不但…也】 詞性 關聯詞 ㄅㄨˊ ㄉㄢˋ … ㄧㄝˇ

造句 這首歌，不但我喜歡，他也喜歡。

說明 我喜歡，他同樣喜歡（表示同樣的意思）。

【不但…而且】 詞性 關聯詞 ㄅㄨˊ ㄉㄢˋ … ㄦˊ ㄑㄧㄝˇ

造句 你不但得去，而且得儘快去。

說明 要去，還要儘快去（表示進一步的意思）。

【不但…還】 詞性 關聯詞 ㄅㄨˊ ㄉㄢˋ … ㄏㄞˊ

造句 小敏不但會唱歌，還會跳舞。

說明 又會唱歌，又會跳舞（表示附加的意思）。

【不見了】[1-1] 詞性 動詞 ㄅㄨˊ ㄐㄧㄢˋ ˙ㄌㄜ

造句 誰知道他一會兒就不見了。

說明 不知道他到哪裡去了。

【不見了】[1-2] 詞性 動詞 ㄅㄨˊ ㄐㄧㄢˋ ˙ㄌㄜ

造句 誰知道他的書是怎麼不見了。

說明 丟了。

【不幸】 詞性 形容詞 ㄅㄨˊ ㄒㄧㄥˋ

造句 這次比賽我們輸了，眞不幸。

說明 眞使人感到難過。

【不是】 詞性 動詞 ㄅㄨˊ ㄕˋ

造句 這支筆是我的……

說明 我沒有這樣的筆。

【不是…而是】 詞性 關聯詞 ㄅㄨˊ ㄕˋ…ㄦˊ ㄕˋ

造句 這朵花**不是**眞的，**而是**假的。

說明 花有眞的，也有假的，這表示後面的說法才對。

【不是…就是】 詞性 關聯詞 ㄅㄨˊ ㄕˋ…ㄐㄧㄡˋ ㄕˋ

造句 我記得她**不是**姓李，**就是**姓林。

說明 或者是姓李，或者是姓林，兩者只有一個對。

【不要】 詞性 助動詞 ㄅㄨˊ ㄧㄠˋ

造句 你已經遲到三次，**不要**再遲到了。

說明 最好別遲到了。

【不要緊】 詞性 習用語 ㄅㄨˊ ㄧㄠˋ ㄐㄧㄣˇ

造句 你忘了帶筆，**不要緊**，用我的。

說明 不用擔心。

【不能】 詞性 助動詞 ㄅㄨˋ ㄋㄥˊ

造句 我不認識你，**不能**跟你走。

說明 我不認識你，你自己走，我也自己走。

【不夠】 詞性 副詞 ㄅㄨˊ ㄍㄡˋ

造句 一百塊**不夠**買這支筆。

說明 這支筆要一百二十塊才夠。

【不理】 詞性 動詞 ㄅㄨˋ ㄌㄧˇ

造句　我叫他陪我，可是他**不理**我。

說明　不回答我，不跟我說話。

【不許】 詞性 助動詞　ㄅㄨˋ ㄒㄩˇ

造句　這裡是養魚的地方，**不許**游泳。

說明　禁止游泳。

【不敢】 詞性 助動詞　ㄅㄨˋ ㄍㄢˇ

造句　有些同學**不敢**向老師問問題。

說明　害怕問問題。

【不然】 詞性 連詞　ㄅㄨˋ ㄖㄢˊ

造句　你趕快去買，**不然**就賣完了。

說明　如果你不趕快買，就沒有了（表示不好的事情會發生）。

【不舒服】 詞性 形容詞　ㄅㄨˋ ㄕㄨ ㄈㄨˊ

造句　我不知道吃了什麼食物，肚子**不舒服**。

說明　肚子痛。

【不會】 詞性 助動詞　ㄅㄨˊ ㄏㄨㄟˋ

造句　弟弟還**不會**打電腦。

說明　不知道怎麼打。

【不過】[1] 詞性 副詞　ㄅㄨˊ ㄍㄨㄛˋ

造句　我去過臺南，**不過**只待了兩天。

說明　我是去過臺南，僅僅兩天，時間很短。

【不過】[2] 詞性 連詞　ㄅㄨˊ ㄍㄨㄛˋ

造句　這件衣服不錯，**不過**有點貴。

說明 衣服是好，只是貴了點（表示轉折的意思）。

【不對】 詞性 形容詞 ㄅㄨˋ ㄉㄨㄟˋ

造句 這件事是他對，你**不對**。

說明 他做對了，你做錯了。

【不管…都】 詞性 關聯詞 ㄅㄨˋ ㄍㄨㄢˇ…ㄉㄡ

造句 **不管**誰進來，**都**要先敲門。

說明 誰想進來都一樣，得先敲門。

【不錯】 詞性 形容詞 ㄅㄨˋ ㄘㄨㄛˋ

造句 今天天氣**不錯**，我們去游泳吧。

說明 天氣很好。

【不斷】 詞性 副詞 ㄅㄨˋ ㄉㄨㄢˋ

造句 小明**不斷**打電話給我。

說明 他一次又一次地打，打了許多次。

中 ㄓㄨㄥ

【中午】 詞性 名詞 ㄓㄨㄥ ㄨˇ

造句 **中午**的氣溫比早上高。

說明 「中午」指白天十二點左右那段時間。

【中間】 詞性 名詞 ㄓㄨㄥ ㄐㄧㄢ

造句 班級的相片上老師站在**中間**。

說明 老師的左邊和右邊都是班上的同學。

【中學】 詞性 名詞 ㄓㄨㄥ ㄒㄩㄝˊ

造句 我讀小學，哥哥讀**中學**。

說明 我八歲在讀小學，哥哥十三歲在讀中學。「中學」是指在小學之後的學習階段。

之 ㄓ

【之前】 詞性｜名詞 ㄓ ㄑㄧㄢˊ

造句 八點之前，我在操場見過小明。

說明 還沒到八點的時候。

【之後】 詞性｜名詞 ㄓ ㄏㄡˋ

造句 三天之後，我再找你。

說明 過了三天。

【之間】 詞性｜名詞 ㄓ ㄐㄧㄢ

造句 臺中在臺北和臺南之間。

說明 你坐高鐵從臺北到臺南會經過臺中。

五 詞性｜數詞 ㄨˇ

造句 五是單數，六是雙數。

說明 表示四和六之間的數字。

什 ㄕㄣˊ

【什麼】1-1 詞性｜代詞 ㄕㄣˊ ˙ㄇㄜ

造句 你說什麼？

說明 問別人說話的意思，用在疑問句。

【什麼】1-2 詞性｜代詞 ㄕㄣˊ ˙ㄇㄜ

造句 你愛看什麼書？

說明 問別人愛看哪一種書。「什麼」用在名詞前面。

【什麼】 詞性 代詞 ㄕㄣˊ ˙ㄇㄜ

造句 我餓了，想吃點**什麼**。

說明 能讓我不餓的任何東西我都想吃。

1-4

【什麼】 詞性 代詞 ㄕㄣˊ ˙ㄇㄜ

造句 小敏生病了，**什麼**也不想吃。

說明 任何東西小敏都不想吃。「什麼」後面用「也」。

仍 ㄖㄥˊ

1-1

【仍然】 詞性 副詞 ㄖㄥˊ ㄖㄢˊ

造句 我穿上大衣**仍然**覺得冷。

說明 我覺得冷，穿上大衣希望不再覺得冷，但還是覺得冷。

1

【仍然】 詞性 副詞 ㄖㄥˊ ㄖㄢˊ

造句 我回家**仍然**坐捷運，不坐公車。

說明 我上學坐捷運，放學回家還是坐捷運。表示原來坐什麼還是坐什麼。

今 ㄐㄧㄣ

【今天】 詞性 名詞 ㄐㄧㄣ ㄊㄧㄢ

造句 昨天是星期六，**今天**是星期日。

說明 說這句話的這一天是星期日。

【今年】 詞性 名詞 ㄐㄧㄣ ㄋㄧㄢˊ

造句 去年是二〇一三年，**今年**是二〇一四年。

說明 說這句話的這一年是二〇一四年。

【今後】 詞性 名詞 ㄐㄧㄣ ㄏㄡˋ

造句 今後我再也不遲到了。

說明 從現在開始。

元 詞性 名詞 ㄩㄢˊ

造句 這雙鞋的價錢是一千元。

說明 表示錢幣的單位。

允 ㄩㄣˇ

【允許】 詞性 助動詞 ㄩㄣˇ ㄒㄩˇ

造句 媽媽允許我出去，但我得早點回來。

說明 媽媽同意我去。

六 詞性 數詞 ㄌㄧㄡˋ

造句 我住在六樓，不算高。

說明 在五跟七之間的數字。

公 ㄍㄨㄥ

【公用電話】 詞性 名詞 ㄍㄨㄥ ㄩㄥˋ ㄉㄧㄢˋ ㄏㄨㄚˋ

造句 我沒帶手機，只好打公用電話。

說明 大家投錢就可以使用的電話。

【公車】 詞性 名詞 ㄍㄨㄥ ㄔㄜ

造句 這幾班公車都能到我們學校。

說明 很多人坐著上班、上學的大汽車。

【公園】 詞性 名詞 ㄍㄨㄥ ㄩㄢˊ

造句 那個公園我還沒去過呢。

說明 「公園」是一個比較大的地方，裡面有花、有樹，小孩可以在裡面玩。

分[1-1] 詞性 名詞 ㄈㄣ

造句 現在的時間是差五**分**九點。

說明 還有五分鐘就到九點。

分[1-2] 詞性 名詞 ㄈㄣ

造句 我的成績是七十**分**。

說明 「分」表示成績，一百分最好。

分[2] 詞性 動詞 ㄈㄣ

造句 姊姊幫我們**分**蘋果。

說明 每人都得到一些。

【分鐘】 詞性 名詞 ㄈㄣ ㄓㄨㄥ

造句 還有十**分鐘**就上課了。

說明 「分鐘」表示時間，一小時有六十分鐘。

切 詞性 動詞 ㄑㄧㄝ

造句 媽媽正在**切**西瓜，爸爸就快回來了。

說明 媽媽用刀把西瓜分成幾塊。

午 ㄨˇ

【午飯】 詞性 名詞 ㄨˇ ㄈㄢˋ

造句 十二點了，該吃**午飯**了。

說明 中午十二點吃的飯叫「午飯」。

升 ㄕㄥ

【升起來】 詞性：動詞 ㄕㄥ ㄑㄧˇ ㄌㄞˊ

造句：氣球慢慢**升起來**了。

說明：氣球慢慢從低的地方向高的地方去。

及 ㄐㄧˊ

【及格】 詞性：動詞 ㄐㄧˊ ㄍㄜˊ

造句：考試考六十分才算**及格**。

說明：考不到六十分不及格，這是壞的成績。

天[1-1] 詞性：名詞 ㄊㄧㄢ

造句：這裡冬天下午五點**天**就黑了。

說明：這裡的「天」指白天，就是有太陽的時間。

天[1-2] 詞性：名詞 ㄊㄧㄢ

造句：這個星期你哪一**天**來都行。

說明：這裡的「天」指數數，是星期一或者是星期二等。

天[1-3] 詞性：名詞 ㄊㄧㄢ

造句：**天**晴了，我們走吧。

說明：這裡的「天」指我們說話的時候天氣怎麼樣，好還是不好。

【天天】 詞性：名詞 ㄊㄧㄢ ㄊㄧㄢ

造句：媽媽**天天**打掃廚房。

說明：每一天都這樣做。

【天空】 詞性：名詞 ㄊㄧㄢ ㄎㄨㄥ

造句：我們的氣球升上了**天空**。

說明 在我們頭頂上很高、很遠的地方。

【天氣】 詞性 名詞 ㄊㄧㄢ ㄑㄧˋ

造句 臺北的**天氣**和臺南的**天氣**不一樣。

說明 下雨多不多，溫度高不高，這地方和那地方不一樣。

太 詞性 副詞 ㄊㄞˋ

造句 褲子**太**短，長一點好。

說明 「太」表示比較。比較之後覺得不合適。

1-1 **【太陽】** 詞性 名詞 ㄊㄞˋ ㄧㄤˊ

造句 **太陽**出來了，天亮了。

說明 天空中一個很大、很紅的東西，太陽出來了，天就亮了。

1-2 **【太陽】** 詞性 名詞 ㄊㄞˋ ㄧㄤˊ

造句 中午的**太陽**很大，天氣很熱。

說明 這裡指太陽的光很亮而且讓人感覺很熱。

少 1 詞性 動詞 ㄕㄠˇ

造句 還**少**一個人，我們再等一會兒。

說明 還有一個人沒來。

少 2 詞性 形容詞 ㄕㄠˇ

造句 外面很冷，你穿的衣服太**少**。

說明 穿的衣服不夠多。

少 3 詞性 副詞 ㄕㄠˇ

造句 媽媽勸爸爸**少**抽菸。

說明　媽媽跟爸爸說：希望他不要抽很多菸。

【少數】　詞性：名詞　ㄕㄠˇ ㄕㄨˋ

造句　班上有**少數**同學考得不好。

說明　不是很多，有幾個。

尺

詞性：名詞　ㄔˇ

造句　我要一把**尺**畫十公分的直線。

說明　用來量長度和畫線的。

巴

ㄅㄚ

【巴不得】　詞性：助動詞　ㄅㄚ ˙ㄅㄨ ˙ㄉㄜ

造句　我肚子很餓，**巴不得**早點吃飯。

說明　能早點吃飯，我會很高興。

手

詞性：名詞　ㄕㄡˇ

造句　你的**手**太髒，快去洗乾淨。

說明　胳膊上用來拿東西的部分。

【手指】　詞性：名詞　ㄕㄡˇ ㄓˇ

造句　用**手指**按一下開關，電燈就會亮了。

說明　我們每個人手上都有五根手指，兩隻手一共有十根手指。

【手套】　詞性：名詞　ㄕㄡˇ ㄊㄠˋ

造句　天氣太冷，出門要戴**手套**。

說明　「手套」戴在手上，不讓手指受凍。

【手錶】　詞性：名詞　ㄕㄡˇ ㄅㄧㄠˇ

造句　我的**手錶**的時間十分準確。

說明 戴在手上，用來看時間的東西。

支 ㄓ

詞性 量詞

造句 借我一**支**鉛筆好嗎？

說明 用在「筆」的前面。

斤 ㄐㄧㄣ

詞性 量詞

造句 媽媽買了五**斤**香蕉。

說明 用在吃的東西前面。

方 ㄈㄤ

【方向】 ㄈㄤ ㄒㄧㄤˋ

詞性 名詞

造句 我到了一個新地方，不知道**方向**了。

說明 不知道東西南北了。

【方便】 ㄈㄤ ㄅㄧㄢˋ

詞性 形容詞

造句 這裡商店很多，買東西很**方便**。

說明 在這裡想買什麼就能買什麼。

日 ㄖˋ

【日期】 ㄖˋ ㄑㄧˊ

詞性 名詞

造句 你能告訴我你回臺北的**日期**嗎？

說明 你是哪一個月哪一天回臺北的？

【日曆】 ㄖˋ ㄌㄧˋ

詞性 名詞

造句 **日曆**上記著九月五日是星期三。

說明 記有年、月、日和星期幾的一個本子。

月 1-1 ㄩㄝˋ

詞性 名詞

造句 我在爺爺家住了一個**月**。

說明 「月」指三十天的時間。就是說我在爺爺家住了三十天。

月[1-2]

詞性：名詞　ㄩㄝˋ

造句 六**月**我們要考試。

說明 這裡的「月」指一年十二個月當中的一個。

【月亮】 詞性：名詞　ㄩㄝˋ ㄌㄧㄤˋ

造句 今晚的**月亮**又亮又圓。

說明 白天我們能看見的是太陽，晚上我們能看見的是月亮。

木

ㄇㄨˋ

【木頭】 詞性：名詞　ㄇㄨˋ ˙ㄊㄡ

造句 我家的門是**木頭**做的。

說明 是用乾的樹木做成的。

比[1]

詞性：動詞　ㄅㄧˇ

造句 小敏算數學算得很快，我沒辦法和她**比**。

說明 她快，我慢，我沒辦法做得像她一樣快。

比[2-1]

詞性：介詞　ㄅㄧˇ

造句 爸爸**比**媽媽大五歲。

說明 爸爸今年四十歲，媽媽三十五歲。

比[2-2]

詞性：介詞　ㄅㄧˇ

造句 我們班上女孩**比**男孩多。

說明 女孩多，男孩少。

比

詞性：介詞　ㄅㄧˇ

造句：小明**比**小敏高。

說明：小明的身高是一百六十公分，小敏則是一百五十五公分。

【比一比】

詞性：動詞　ㄅㄧˇ ㄧˋ ㄅㄧˇ

造句：我們來**比一比**，看誰先到學校。

說明：看看你先到還是我先到。

【比不過】

詞性：動詞　ㄅㄧˇ ㄅㄨˋ ㄍㄨㄛˋ

造句：小明的力氣大，我**比不過**他。

說明：我的力氣沒有小明大。

【比較】[1]

詞性：動詞　ㄅㄧˇ ㄐㄧㄠˋ

造句：她把兩條裙子放在一起**比較**。

說明：看看兩條裙子不一樣的地方在哪裡。

【比較】[2]

詞性：副詞　ㄅㄧˇ ㄐㄧㄠˋ

造句：兩本書中，這本**比較**好。

說明：這本好看，那本不好看。

【比賽】[1]

詞性：名詞　ㄅㄧˇ ㄙㄞˋ

造句：今天的**比賽**下午兩點開始。

說明：兩隊看誰贏。

【比賽】[2]

詞性：動詞　ㄅㄧˇ ㄙㄞˋ

造句：我們**比賽**跑五十公尺。

說明：看誰跑得最快。

毛

詞性：名詞　ㄇㄠˊ

造句 我的貓毛短，小敏的貓毛長。

說明 長在貓身體上的東西，用手摸著感覺很舒服。

【毛巾】 詞性 名詞 ㄇㄠˊ ㄐㄧㄣ

造句 這條**毛巾**是擦臉用的。

說明 一條長長的布，用來擦身體。

【毛衣】 詞性 名詞 ㄇㄠˊ ㄧ

造句 我有三件**毛衣**，夠穿了。

說明 一種衣服，冬天穿，穿在身上很暖和。

【毛病】 詞性 名詞 ㄇㄠˊ ㄅㄧㄥˋ

造句 小明的**毛病**是常弄丟雨傘。

說明 小明經常忘記把雨傘帶回家是他不好的地方。

【毛筆】 詞性 名詞 ㄇㄠˊ ㄅㄧˇ

造句 爺爺教我用**毛筆**寫字。

說明 一種筆，蘸著墨汁寫字。

水

詞性 名詞 ㄕㄨㄟˇ

造句 我口好渴，想喝**水**。

說明 在廚房打開水龍頭流出來的東西。

【水果】 詞性 名詞 ㄕㄨㄟˇ ㄍㄨㄛˇ

造句 市場上的**水果**種類很多。

說明 水果有西瓜、蘋果、香蕉等。

火

詞性 名詞 ㄏㄨㄛˇ

造句 當心**火**，別把紙燒著了。

說明 東西燒起來，我們看到光，我們感到熱。這就是「火」。

【火車】 詞性 名詞 ㄏㄨㄛˇ ㄔㄜ

造句 坐**火車**到臺南要兩個小時。

說明 在鐵路上走的車，叫「火車」。

父 ㄈㄨˋ

【父親】 詞性 名詞 ㄈㄨˋ ㄑㄧㄣ

造句 小明的**父親**是中學老師。

說明 「父親」和「爸爸」的意思一樣，但是「爸爸」是在說話時用的。

片[1] 詞性 量詞 ㄆㄧㄢˋ

造句 我吃了三**片**麵包，一**片**西瓜。

說明 用在「麵包、西瓜」的前面，表示麵包或西瓜薄薄的一部分。

片[2] 詞性 名詞 ㄆㄧㄢˋ

造句 牛肉切成**片**，不是切成塊。

說明 切成片，是薄薄的、長長的。切成塊，是方方的、厚厚的。

牙 詞性 名詞 ㄧㄚˊ

造句 我有一顆**牙**蛀了，要去看醫生。

說明 嘴巴裡面用來咬東西的部分。

【牙刷】 詞性 名詞 ㄧㄚˊ ㄕㄨㄚ

造句 小孩刷牙要用軟毛的**牙刷**。

說明 用來刷牙，帶毛的東西。

牛 ㄋㄧㄡˊ

【牛奶】 詞性｜名詞 ㄋㄧㄡˊ ㄋㄞˇ

造句 我的早飯是麵包和**牛奶**。

說明 白白的像水一樣，小孩喝了很健康。

【牛肉】 詞性｜名詞 ㄋㄧㄡˊ ㄖㄡˋ

造句 我最愛吃**牛肉**麵。

說明 有一點紅色的肉。

五畫

主 ㄓㄨˇ

【主意】 詞性｜名詞 ㄓㄨˇ ㄧˋ

造句 有時候，小明會幫我出些**主意**。

說明 小明會幫我想一些辦法。

以 ㄧˇ

【以下】 詞性｜名詞 ㄧˇ ㄒㄧㄚˋ

造句 她希望體重能減到六十公斤**以下**。

說明 她希望體重不超過六十公斤。

【以上】 詞性｜名詞 ㄧˇ ㄕㄤˋ

造句 哥哥的身高是一百八十公分**以上**。

說明 哥哥不矮，身高超過了一百八十公分。

【以內】 詞性｜名詞 ㄧˇ ㄋㄟˋ

造句 我們這個月**以內**要搬家。

說明　我們在這個月裡搬家。

【以外】　詞性　名詞　ㄧˇ ㄨㄞˋ

造句　雨很大，三十公尺**以外**看不見人影。

說明　超過三十公尺遠的地方看不見人。

【以來】　詞性　名詞　ㄧˇ ㄌㄞˊ

造句　今年春天**以來**，我瘦了很多。

說明　今年春天到現在，我瘦了很多。

【以前】　詞性　名詞　ㄧˇ ㄑㄧㄢˊ

造句　你最好下午三點**以前**來。

說明　你不要太晚來，不要超過下午三點。

【以後】　詞性　助詞　ㄧˇ ㄏㄡˋ

造句　姊姊結婚**以後**，胖了很多。

說明　姊姊結婚了一段時間，胖了很多。

【以爲】　詞性　動詞　ㄧˇ ㄨㄟˊ

造句　我**以爲**你不在家。

說明　我猜想你不在家，你卻在家。

仔　ㄗˇ

【仔細】　詞性　副詞　ㄗˇ ㄒㄧˋ

造句　我**仔細**唸了一遍課文。

說明　我很用心地唸了一遍課文，看看有什麼不懂的地方。

他　詞性　代詞　ㄊㄚ

造句　我跟你說，讓**他**去吧。

說明 「他」不是我，也不是你，是另外一個人。

【他們】 詞性 代詞 ㄊㄚ ˙ㄇㄣ

造句 我們跟你們走，不跟**他們**走。

說明 「他們」不是我們，也不是你們，是另外的幾個人，當中可能有男孩子和女孩子。

冬 ㄉㄨㄥ

【冬天】 詞性 名詞 ㄉㄨㄥ ㄊㄧㄢ

造句 臺南的**冬天**不下雪，很舒服。

說明 一年中最冷的時候。

出[1-1] 詞性 動詞 ㄔㄨ

造句 你跑**出**跑進的，在忙什麼呢？

說明 你一會兒到外面去，一會兒又進來，忙什麼呢？

出[1-2] 詞性 動詞 ㄔㄨ

造句 每人**出**一百元買花送給李老師。

說明 我們每人拿一百元來買花送給李老師。

【出口】 詞性 名詞 ㄔㄨ ㄎㄡˇ

造句 公園的**出口**在哪裡？

說明 從公園到外面去的門在哪裡？

【出去】 詞性 動詞 ㄔㄨ ㄑㄩˋ

造句 外面下著雨，我們別**出去**了。

說明 下雨了，我們就在裡面，不要到外面去了。

【出生】 詞性 動詞 ㄔㄨ ㄕㄥ

造句 小敏是二〇〇六年**出生**的。

說明 媽媽生下她的那一年是二〇〇六年。

【出汗】 詞性 動詞 ㄔㄨ ㄏㄢˋ

造句 天氣太熱，我都**出汗**了。

說明 我的皮膚感覺得到有水。

【出來】 詞性 動詞 ㄔㄨ ㄌㄞˊ

造句 小明已經從學校**出來**了。

說明 小明已經離開了學校，正往這邊走。

【出院】 詞性 動詞 ㄔㄨ ㄩㄢˋ

造句 奶奶的病好了，昨天**出院**了。

說明 奶奶昨天離開了醫院，不再住在醫院裡治病了。

【出發】 詞性 動詞 ㄔㄨ ㄈㄚ

造句 你什麼時候**出發**去臺中？

說明 你什麼時候離開家去臺中？

加 1-1 詞性 動詞 ㄐㄧㄚ

造句 十八**加**二十七是多少？

說明 18＋27＝？

加 1-2 詞性 動詞 ㄐㄧㄚ

造句 這湯太鹹了，**加**點水吧。

說明 往裡放點水。

【加減乘除】 詞性 名詞 ㄐㄧㄚ ㄐㄧㄢˇ ㄔㄥˊ ㄔㄨˊ

造句 **加減乘除**，你都會算嗎？

說明 數學基本運算的四種方法。

功 ㄍㄨㄥ

【功課】 詞性 名詞 ㄍㄨㄥ ㄎㄜˋ

造句 這學期我們有三門**功課**。

說明 語文、數學和畫畫是我們現在學的功課。

包[1] ㄅㄠ

詞性 名詞

造句 這**包**眞重，裡面放了什麼東西？

說明 用來放東西的袋子。

包[2] ㄅㄠ

詞性 動詞

造句 我**包**了一些衣服準備去旅行。

說明 把衣服捆在一起，方便拿取。

【包子】 詞性 名詞 ㄅㄠ ˙ㄗ

造句 午飯我吃了三個豬肉**包子**。

說明 裡面有肉、蒸著吃的。

【包括】 詞性 動詞 ㄅㄠ ㄍㄨㄚ

造句 哥哥去過許多地方，**包括**花蓮。

說明 哥哥也去過花蓮。

【包括…在內】 詞性 動詞 ㄅㄠ ㄍㄨㄚ … ㄗㄞˋ ㄋㄟˋ

造句 **包括**我**在內**，一共十個人。

說明 把我也算上，一共十個人。

【包起來】 詞性 動詞 ㄅㄠ ㄑㄧˇ ㄌㄞˊ

造句 媽媽小心地把禮物包起來。

說明 把禮物放在紙中間，然後捆好。

【包裹】 詞性 名詞 ㄅㄠ ㄍㄨㄛˇ

造句 小明的叔叔寄來了一個包裹。

說明 包著東西的包。

【包餃子】 詞性 動詞 ㄅㄠ ㄐㄧㄠˇ ˙ㄗ

造句 小敏包餃子包得比我快。

說明 做成一個、一個的餃子。

北 詞性 名詞 ㄅㄟˇ

造句 這面是南，那面是北。

說明 早上面對太陽，左手邊是北，右手邊是南。

【北面】 詞性 名詞 ㄅㄟˇ ㄇㄧㄢˋ

造句 臺北車站在南門市場的北面。

說明 在南門市場往北的方向。

半 詞性 數詞 ㄅㄢˋ

造句 現在是九點半。

說明 九點三十分（表示時間）。

【半小時】 詞性 名詞 ㄅㄢˋ ㄒㄧㄠˇ ㄕˊ

造句 我搭公車到學校要花半小時。

說明 三十分鐘。

【半天】 詞性 名詞 ㄅㄢˋ ㄊㄧㄢ

造句 我等了半天，小明也沒來。

說明　很長的時間。

【半年】 詞性 名詞　ㄅㄢˋ ㄋㄧㄢˊ

造句　我們搬來臺北已經半年了。

說明　六個月。

【半個】 詞性 名詞　ㄅㄢˋ ˙ㄍㄜ

造句　他們倆吃了半個西瓜。

說明　兩個半個等於一個。

【半票】 詞性 名詞　ㄅㄢˋ ㄆㄧㄠˋ

造句　我買全票，妹妹買半票。

說明　全票是二十塊錢，半票是十塊錢。

【半路】 詞性 名詞　ㄅㄢˋ ㄌㄨˋ

造句　走到半路，突然下起雨來。

說明　還在路上，還有一段路要走。

占

詞性 動詞　ㄓㄢˋ

造句　我們班上女同學占大多數。

說明　我們班大多數是女同學。

去 1-1

詞性 動詞　ㄑㄩˋ

造句　我們明天去宜蘭。

說明　我們現在在臺北，明天要到宜蘭。表示從一個地方到另一個遠的地方。

去 1-2

詞性 動詞　ㄑㄩˋ

造句　我們昨天晚上去看電影了。

說明　昨天晚上我們從家裡到電影院。表示從一個地方到另一個附近的地方。

【去年】 詞性：名詞 ㄑㄩˋ ㄋㄧㄢˊ

造句 去年這時候她還沒來這裡。

說明 在今年這時候她已經來這裡一年了。

可 ㄎㄜˇ

1-1 【可以】 詞性：助動詞 ㄎㄜˇ ㄧˇ

造句 哥哥已經十八歲，**可以**開車了。

說明 人家允許他開汽車。

1-2 【可以】 詞性：助動詞 ㄎㄜˇ ㄧˇ

造句 我們只要十分鐘就**可以**到臺北。

說明 就能到。

【可怕】 詞性：形容詞 ㄎㄜˇ ㄆㄚˋ

造句 下這麼大的雨，太**可怕**了。

說明 讓人感到害怕。

1 【可能】 詞性：助動詞 ㄎㄜˇ ㄋㄥˊ

造句 下午他**可能**會來，也**可能**不會來。

說明 他來，他或者不來，我不確定。

2 【可能】 詞性：形容詞 ㄎㄜˇ ㄋㄥˊ

造句 小明很**可能**考第一名。

說明 大家都那麼想。

【可惜】 詞性：形容詞 ㄎㄜˇ ㄒㄧˊ

造句 這些麵包還能吃，扔了**可惜**。

說明 讓人心裡感到不好。

五畫

【可愛】 詞性 形容詞 ㄎㄜˇ ㄞˋ

說明 小妹妹眞讓人喜歡。

造句 小妹妹眞可愛，大家都喜歡她。

右[1] 詞性 名詞 ㄧㄡˋ

說明 車子先往南，然後往西轉。

造句 車子先往南，然後往右轉。

右[2] 詞性 限定詞 ㄧㄡˋ

說明 只有一些人用左手寫字。

造句 一般人習慣用右手寫字。

【右邊】 詞性 名詞 ㄧㄡˋ ㄅㄧㄢ

說明 房子朝南，靠西的一邊有條河。

造句 我們的房子朝南，右邊有條河。

叫[1-1] 詞性 動詞 ㄐㄧㄠˋ

說明 我很大聲地說：「小明」。

造句 小明在操場，我在二樓叫他。

叫[1-2] 詞性 動詞 ㄐㄧㄠˋ

說明 她的名字是小敏。

造句 我知道她的名字，她叫小敏。

叫[1-3] 詞性 動詞 ㄐㄧㄠˋ

說明 有人在後面說我的名字，想讓我看見他。

造句 我聽見後面有人叫我。

叫[1-4] 詞性 動詞 ㄐㄧㄠˋ

造句　媽媽叫我記得換衣服。

說明　媽媽跟我說話，讓我不要忘記換衣服。

【叫醫生】　詞性：動詞　ㄐㄧㄠˋ　ㄧ　ㄕㄥ

造句　他突然生病了，快去叫醫生。

說明　快去找醫生來幫他看病。

另

詞性：形容詞　ㄌㄧㄥˋ

造句　我買這本書，他買另一本書。

說明　我和他一起買書，我買這本書，他買的不是這本書。

【另外】[1]　詞性：形容詞　ㄌㄧㄥˋ　ㄨㄞˋ

造句　這支筆給他，你拿另外一支吧。

說明　你拿別的筆吧。

【另外】　詞性：副詞　ㄌㄧㄥˋ　ㄨㄞˋ

造句　他另外買了一塊蛋糕。

說明　他買了些東西，又買了一塊蛋糕。

只

詞性：副詞　ㄓˇ

造句　他們幾個人中我只認識小明。

說明　除了小明，別的人我都不認識。

【只好】　詞性：副詞　ㄓˇ　ㄏㄠˇ

造句　沒人陪我去，我只好一個人去。

說明　我沒有別的辦法，不願意，不高興也得一個人去。

【只是】[1]　詞性：副詞　ㄓˇ　ㄕˋ

造句　妹妹不說話，只是哭。

說明　妹妹不說話，一直在哭。

[2]【只是】　詞性：連詞　ㄓˇ ㄕˋ

造句　叔叔沒什麼變，**只是**胖了。

說明　除了胖了，叔叔沒什麼變。

【只要】　詞性：連詞　ㄓˇ ㄧㄠˋ

造句　你**只要**打個電話給他，他就會來。

說明　他願意來，但是你得打個電話給他。

句　ㄐㄩˋ

【句子】　詞性：名詞　ㄐㄩˋ ˙ㄗ

造句　你能用「很久」造幾個**句子**嗎？

說明　你能用「很久」說出或寫出表示整個意思的一段話或一行字嗎？

四　ㄙˋ

詞性：數詞

造句　今天他不是三點走，是**四**點走。

說明　「三」後面的數字。

外　ㄨㄞˋ

【外面】　詞性：名詞　ㄨㄞˋ ㄇㄧㄢˋ

造句　我裡面穿毛衣，**外面**穿大衣。

說明　離自己近的叫「裡面」，離自己遠的叫「外面」。

失　ㄕ

【失望】　詞性：形容詞　ㄕ ㄨㄤˋ

造句　我想買的書剛賣完，我很**失望**。

說明
我覺得沒有希望買到我想買的書了，所以很不高興。

奶 ㄋㄞˇ

【奶奶】 詞性 名詞 ㄋㄞˇ ˙ㄋㄞ

造句 **奶奶**只有我爸爸一個兒子。

說明
奶奶就是爸爸的媽媽。

巧 ㄑㄧㄠˇ
詞性 形容詞

造句 你來得眞**巧**，我們正在找你呢。

說明
你來得正是時候，我們找你，你就來了。

左 ㄗㄨㄛˇ
詞性 名詞

造句 你看地圖，這裡是左。

說明
你看地圖時，「左」表示向西的方向。

【左右】 詞性 助詞 ㄗㄨㄛˇ ㄧㄡˋ

造句 我猜他的年齡在二十歲**左右**。

說明
可能是十八、十九歲，也可能是二十一、二十二歲。

【左邊】 詞性 名詞 ㄗㄨㄛˇ ㄅㄧㄢ

造句 小明在右邊，在**左邊**的是誰？

說明
跟右邊相對的那一邊。

平 ㄆㄧㄥˊ
詞性 形容詞

造句 這條路很**平**，坐車很舒服。

說明
這條路高低一樣，很好走。

【平時】 詞性 副詞 ㄆㄧㄥˊ ㄕˊ

造句　他**平時**不看電視，只在週末看。

說明　星期一到星期五是「平時」的日子，他不看電視。

必　ㄅㄧˋ

【必須】　詞性：助動詞　ㄅㄧˋ ㄒㄩ

造句　你明天**必須**來。

說明　一定要來，不來不行。

打[1-1]　詞性：動詞　ㄉㄚˇ

造句　小明很生氣，**打**了我一下。

說明　小明用手碰我的身體，使我感覺很痛。

打[1-2]　詞性：動詞　ㄉㄚˇ

造句　哥哥喜歡**打**棒球。

說明　「打」表示玩球，如足球、籃球、棒球、網球。

【打扮】　詞性：動詞　ㄉㄚˇ ㄅㄢˋ

造句　姊姊很會**打扮**。

說明　穿漂亮衣服，把頭髮弄得很好看，還化妝。

【打針】　詞性：動詞　ㄉㄚˇ ㄓㄣ

造句　小明**打針**時不哭。

說明　用針把藥水送進身體裡面。

【打掃】　詞性：動詞　ㄉㄚˇ ㄙㄠˇ

造句　我的房間不太乾淨，該**打掃**了。

說明　把房間弄乾淨。

【打開】 詞性 動詞 ㄉㄚˇ ㄎㄞ

造句 小敏**打開**門讓我進去。

說明 表示把關著的門、窗戶開了。

【打開】[1-2] 詞性 動詞 ㄉㄚˇ ㄎㄞ

造句 小明一回家就**打開**電視。

說明 表示把關著的電視、電腦開了。

【打算】 詞性 動詞 ㄉㄚˇ ㄙㄨㄢˋ

造句 明天是星期日，我**打算**去公園。

說明 明天我想去公園玩。

【打賭】 詞性 動詞 ㄉㄚˇ ㄉㄨˇ

造句 他跟我**打賭**，說明天會下雨。

說明 明天真的下雨了，誰說對就贏，誰說不對就輸。

【打擾】 詞性 動詞 ㄉㄚˇ ㄖㄠˇ

造句 姊姊在看書，別**打擾**她。

說明 別叫她，讓她好好看書。

扔[1-1]

詞性 動詞 ㄖㄥ

造句 小弟弟把球**扔**給我。

說明 小弟弟使勁讓他手裡的球丟到我這邊來。

扔[1-2]

詞性 動詞 ㄖㄥ

造句 不要往地上亂**扔**垃圾。

說明 不要把垃圾往地上隨便放。

本

ㄅㄣˇ

【本子】 詞性｜名詞 ㄅㄣˇ ·ㄗ

造句 我帶了書卻忘了帶本子。

說明 做練習用的。

1-1

【本來】 詞性｜副詞 ㄅㄣˇ ㄌㄞˊ

造句 小明**本來**很瘦，現在胖多了。

說明 以前很瘦，現在不再瘦了。

1-2

【本來】 詞性｜副詞 ㄅㄣˇ ㄌㄞˊ

造句 我**本來**想去高雄，後來沒去。

說明 我起初想去高雄。

正 ㄓㄥˋ

【正在】 詞性｜副詞 ㄓㄥˋ ㄗㄞˋ

造句 我們正在看電視，

說明 現在我們看電視呢。

1

【正好】 詞性｜形容詞 ㄓㄥˋ ㄏㄠˇ

造句 你穿這件衣服**正好**。

說明 不大不小，很合適。

2

【正好】 詞性｜副詞 ㄓㄥˋ ㄏㄠˇ

造句 我想去商店，**正好**他也想去。

說明 我不知道他也想去，結果我們倆一起去。

母 詞性｜形容詞 ㄇㄨˇ

造句 這幾隻是**母**雞，會生雞蛋。

說明 公雞不會生雞蛋。

【母親】 詞性｜名詞 ㄇㄨˇ ㄑㄧㄣ

造句 我的父親是老師，母親是醫生。

說明 有兒子或女兒的女人，是兒子或女兒的「母親」。

1
生
詞性 動詞 ㄕㄥ

造句 姊姊生了一個男孩，很可愛。

說明 小男孩離開姊姊的肚子了。

2
生
詞性 形容詞 ㄕㄥ

造句 蘋果秋天才熟，現在還是生的。

說明 蘋果生，就是不熟，不好吃。

3
生
詞性 副詞 ㄕㄥ

造句 我喜歡生吃番茄。

說明 不用弄熟就可以吃。

【生日】
詞性 名詞 ㄕㄥ ㄖˋ

造句 今天是我的生日，我十歲了。

說明 十年前的今天我離開媽媽的肚子，成爲一個小孩子了。

【生命】
詞性 名詞 ㄕㄥ ㄇㄧㄥˋ

造句 他受重傷，我們擔心他的生命有沒有危險。

說明 我們擔心他能不能活。活，就是有生命。

1
【生活】
詞性 名詞 ㄕㄥ ㄏㄨㄛˊ

造句 我的生活就是吃飯，上學，睡覺。

說明 每天要做的。

【生活】[2] 詞性｜動詞 ㄕㄥ ㄏㄨㄛˊ

造句 哥哥離開家，自己生活了。

說明 不再和父母弟妹一起住了。

【生氣】[1] 詞性｜動詞 ㄕㄥ ㄑㄧˋ

造句 求求你，別生我的氣。

說明 別不高興，別對我不滿意。

【生氣】[2] 詞性｜形容詞 ㄕㄥ ㄑㄧˋ

造句 我很晚才回家，媽媽很生氣。

說明 很不滿意，很不高興。

【生病】 詞性｜動詞 ㄕㄥ ㄅㄧㄥˋ

造句 小貓生病了，不想動。

說明 身體不舒服，不想吃，不想動。

【生詞】 詞性｜名詞 ㄕㄥ ㄘˊ

造句 每課課文都有二十個生詞。

說明 沒學過的詞。

用[1-1] 詞性｜名詞 ㄩㄥˋ

造句 這本書我還有用。

說明 這本書我以後還要用，還要看。

用[1-2] 詞性｜名詞 ㄩㄥˋ

造句 我這幾本書沒用了，給你。

說明 我以後不會用到這幾本書，不會再看。

用[2-1] 詞性｜動詞 ㄩㄥˋ

說明 這冰箱一直沒有壞。

用[2-2]

詞性 動詞 ㄩㄥˋ

造句 哥哥會**用**電腦打字。

說明 哥哥會在電腦上打字。

用[2-3]

詞性 動詞 ㄩㄥˋ

造句 做這道菜要**用**四個雞蛋。

說明 做這道菜需要四個雞蛋。

【不用】

詞性 助動詞 ㄅㄨˋ ㄩㄥˋ

造句 你**不用**現在就走，時間還早。

說明 你不需要現在就走。

【用力】

詞性 動詞 ㄩㄥˋ ㄌㄧˋ

造句 這個門不好關，要**用力**才行。

說明 要使點力氣才能關上。

【用不著】

詞性 助動詞 ㄩㄥˋ ㄅㄨˋ ㄓㄠˊ

造句 這個地方很近，**用不著**坐車。

說明 不需要坐車。

由

詞性 介詞 ㄧㄡˊ

造句 想買哪一條裙子，**由**你自己決定。

說明 你自己決定，別人不能替你決定。「由」的後面用代詞。

【由於】

詞性 介詞 ㄧㄡˊ ㄩˊ

造句 **由於**跑得太快，他摔倒了。

說明

「由於」用來回答「爲什麼」：他爲什麼摔倒了？——跑得太快。

白[1-1]

詞性：形容詞　ㄅㄞˊ

造句　白鞋子容易弄髒。

說明　黑鞋子不容易弄髒（用在名詞前面）。

白[1-2]

詞性：形容詞　ㄅㄞˊ

造句　小敏的牙齒很白。

說明　像雪的顏色（用作動詞）。

【白人】

詞性：名詞　ㄅㄞˊ ㄖㄣˊ

造句　班上有白人小孩和黑人小孩。

說明　白人小孩是美國人。

【白天】

詞性：名詞　ㄅㄞˊ ㄊㄧㄢ

造句　哥哥白天工作，晚上才有空。

說明　晚上以前的時間。

【白色】

詞性：名詞　ㄅㄞˊ ㄙㄜˋ

造句　我喜歡白色，不喜歡黑色。

說明　像雪的顏色（用作名詞）。

【白費】

詞性：動詞　ㄅㄞˊ ㄈㄟˋ

造句　整天看電視，白費了時間。

說明　花了時間沒得到好處。

皮[1-1]

詞性：名詞　ㄆㄧˊ

造句　香蕉皮要丟到垃圾筒裡。

說明　香蕉外面黃黃的就是皮。

皮

詞性 名詞 ㄆㄧˊ

造句 小明摔倒了，膝蓋破了一層**皮**。

說明 人的身體外面有一層皮，皮破了很痛。

丟

詞性 動詞 ㄉㄧㄡ

造句 我的雨傘**丟**在公車上了。

說明 雨傘留在公車上，現在找不到了。

六畫

交

詞性 動詞 ㄐㄧㄠ

造句 老師說功課下星期一**交**。

說明 下星期一要把做好的功課交給老師。

【交給】

詞性 動詞 ㄐㄧㄠ ㄍㄟˇ

造句 把這把雨傘**交給**小敏媽媽。

說明 把雨傘給小敏媽媽，讓她收好。

休 ㄒㄧㄡ

【休息】

詞性 動詞 ㄒㄧㄡ ㄒㄧˊ

造句 九點下課，然後**休息**十分鐘。

說明 九點以後有十分鐘時間老師不講課，讓學生可以說說話，上上廁所。

件 1-1

詞性 量詞 ㄐㄧㄢˋ

造句 小敏穿著一**件**新衣服。

說明 用在「衣服」前面。

件 1-2

詞性 量詞 ㄐㄧㄢˋ

造句　生日那天，他送了我一件禮物。

說明　用在「禮物」前面。

任　ㄖㄣˋ

1-1
【任何】　詞性：代詞　ㄖㄣˋ ㄏㄜˊ

造句　現在我不想跟任何人說話。

說明　什麼人我都不想跟他說話。表示包括所有的人。

1-2
【任何】　詞性：代詞　ㄖㄣˋ ㄏㄜˊ

造句　現在我不想吃任何東西。

說明　什麼東西我都不想吃。表示包括所有吃的。

光　詞性：副詞　ㄍㄨㄤ

造句　別光說話，吃東西啊。

說明　別只是說話。

【光著】　詞性：副詞　ㄍㄨㄤ ˙ㄓㄜ

造句　你怎麼光著腳就出來了？

說明　你怎麼不穿鞋子、不穿襪子就出來了？

先　詞性：副詞　ㄒㄧㄢ

造句　你先走，我一會兒再走。

說明　你第一個走，我第二個走。

全　詞性：副詞　ㄑㄩㄢˊ

造句　我們班上的人全到了。

說明　我們班上所有人都在這裡。

【全身】　詞性：名詞　ㄑㄩㄢˊ ㄕㄣ

造句 下雨天我沒帶雨傘，全身都溼了。

說明 我從頭到腳身上都是水。

【全家】

詞性 名詞 ㄑㄩㄢˊ ㄐㄧㄚ

造句 除夕晚上，全家在一起吃飯。

說明 我們家裡每一個人。

共

詞性 副詞 ㄍㄨㄥˋ

造句 班上男孩女孩共有三十人。

說明 十三個男孩，十七個女孩，加在一起共有三十個人。

再 1-1

詞性 副詞 ㄗㄞˋ

造句 我剛吃了一碗麵，想再吃一碗。

說明 想多吃一碗。

再 1-2

詞性 副詞 ㄗㄞˋ

造句 我沒睡夠，想再睡一會兒。

說明 想接著睡一會兒。

再 1-3

詞性 副詞 ㄗㄞˋ

造句 我想找了小敏後，再去找小明。

說明 我想跟小敏見面以後去找小明。

【再見】1

詞性 動詞 ㄗㄞˋ ㄐㄧㄢˋ

造句 我們下星期三再見！

說明 今天我們談完了，下星期三我們還見面，還談。

【再見】2

詞性 告別語 ㄗㄞˋ ㄐㄧㄢˋ

造句 他跟我說了「再見」就走了。

說明 「再見」是大家走之前說的，表示禮貌。

冰[1]

詞性 名詞 ㄅㄧㄥ

造句 路上的雪已經變成了**冰**。

說明 雪變成了很硬的一片。

冰[2]

詞性 動詞 ㄅㄧㄥ

造句 先把西瓜**冰**一**冰**，等會兒吃。

說明 先讓西瓜變涼。

【結冰】

詞性 動詞 ㄐㄧㄝˊ ㄅㄧㄥ

造句 天氣太冷了，小河也**結**了**冰**。

說明 小河的水變成冰了。

【冰上】

詞性 名詞 ㄅㄧㄥ ㄕㄤˋ

造句 走在**冰上**要十分小心。

說明 在結了冰的路面走。

【冰塊】

詞性 名詞 ㄅㄧㄥ ㄎㄨㄞˋ

造句 可樂裡放**冰塊**，好喝。

說明 凍成硬硬的小水塊。

【冰箱】

詞性 名詞 ㄅㄧㄥ ㄒㄧㄤ

造句 趕快把牛奶放進**冰箱**。

說明 冰箱是一個有兩、三個門的大箱子，魚、肉、牛奶放在裡面變涼，不容易變壞。

同

詞性 形容詞 ㄊㄨㄥˊ

造句 這兩幅畫，有**同**有不**同**。

說明 有一樣的地方，也有不一樣的地方。

【同一】 詞性：形容詞 ㄊㄨㄥˊ ㄧ

造句 小敏和小明在**同一**個班級學習。

說明 小敏在A班學習，小明也在A班學習。他們學習的地方是一樣的。

【同姓】 詞性：形容詞 ㄊㄨㄥˊ ㄒㄧㄥˋ

造句 我的爸爸媽媽**同姓**。

說明 我的爸爸姓李，媽媽也姓李，姓是一樣的。

【同時】 詞性：名詞 ㄊㄨㄥˊ ㄕˊ

造句 他在吃飯的**同時**看電視。

說明 他吃飯和看電視的時候是一樣的。

【同時】 詞性：副詞 ㄊㄨㄥˊ ㄕˊ

造句 今天我和小明**同時**到學校。

說明 我是七點半到，小明也是七點半到。我們到學校的時間是一樣的。

【同意】 詞性：動詞 ㄊㄨㄥˊ ㄧˋ

造句 爸爸**同意**我在家裡開生日慶祝會。

說明 爸爸讓我在家裡開生日慶祝會。

【同歲】 詞性：形容詞 ㄊㄨㄥˊ ㄙㄨㄟˋ

造句 小敏和小明**同歲**。

說明 小敏跟小明一樣大，今年都是十歲。

【同樣】 詞性：形容詞 ㄊㄨㄥˊ ㄧㄤˋ

造句 姊姊和妹妹喜歡**同樣**的顏色。

說明　姊姊喜歡紅色，妹妹也喜歡紅色。她們喜歡的顏色是一樣的。

【同學】1-1　詞性｜名詞　ㄊㄨㄥˊ ㄒㄩㄝˊ

造句　他是哥哥的小學**同學**。

說明　他和我哥哥一起唸書的小學是一樣的。

【同學】1-2　詞性｜名詞　ㄊㄨㄥˊ ㄒㄩㄝˊ

造句　男**同學**站在左邊，女**同學**站在右邊。

說明　男學生站左邊，女學生站右邊。

吐

詞性｜動詞　ㄊㄨˇ

造句　你把魚骨頭**吐**在這裡。

說明　魚骨頭不能吃，讓它從嘴巴裡出來。

向

詞性｜介詞　ㄒㄧㄤˋ

造句　小明**向**我說了一句：「謝謝」。

說明　小明說了一句：「謝謝」，希望我聽見。

名 1-1

詞性｜名詞　ㄇㄧㄥˊ

造句　小敏考試得了第一**名**。

說明　得第一名，說的是分數最高，別人都比不上。

名 1-2

詞性｜名詞　ㄇㄧㄥˊ

造句　小明是我的**名**，我姓李。

說明　我們家姓李，家裡人怎麼叫我就是我的名。

【名字】　詞性｜名詞　ㄇㄧㄥˊ ㄗˋ

造句　我的名字叫小明，她的名字叫小敏。

說明　我家叫我小明，她家叫她小敏，表示不同的人。

合　ㄏㄜˊ

【合適】　詞性：形容詞　ㄏㄜˊ ㄕˋ

造句　三十七號的鞋子小明穿著**合適**。

說明　小明的腳穿三十七號鞋，所以這雙鞋剛好，不大也不小。

吃　詞性：動詞　ㄔ

造句　我中午**吃**了麵條和魚。

說明　把麵條和魚肉放在嘴巴裡並嚥下去。

【吃飯】　詞性：動詞　ㄔ ㄈㄢˋ

造句　都中午十二點了，該**吃飯**了。

說明　每天三餐，中午十二點是吃第二餐的時候了。

【吃驚】　詞性：動詞　ㄔ ㄐㄧㄥ

造句　小敏突然哭了起來，我很**吃驚**。

說明　我覺得很奇怪，不知道她爲什麼哭。

因　ㄧㄣ

【因爲】　詞性：連詞　ㄧㄣ ㄨㄟˋ

造句　我**因爲**不明白才來問你。

說明　我不明白，所以我來問你。

回[1]　詞性：量詞　ㄏㄨㄟˊ

造句　去年我去過臺南兩**回**。

說明 你去過臺南幾次？兩次。

回[2]

詞性 動詞 ㄏㄨㄟˊ

造句 去年我**回**臺南過寒假。

說明 我是從臺南到臺北的，去年寒假的時候我從臺北又到了臺南。

【回去】 詞性 動詞 ㄏㄨㄟˊ ㄑㄩˋ

造句 小明看不見小敏就**回去**了。

說明 就回到他原來的地方了。

【回來】 詞性 動詞 ㄏㄨㄟˊ ㄌㄞˊ

造句 我已經**回來**一個小時了。

說明 我已經到家一個小時了。

【從…回來】 詞性 動詞 ㄘㄨㄥˊ…ㄏㄨㄟˊ ㄌㄞˊ

造句 媽媽**從**南門市場**回來**了。

說明 媽媽去了南門市場，現在她離開南門市場回到家來。

【回到】 詞性 動詞 ㄏㄨㄟˊ ㄉㄠˋ

造句 十分鐘之後他**回到**圖書館。

說明 他離開圖書館十分鐘，然後又到了圖書館。

【回家】 詞性 動詞 ㄏㄨㄟˊ ㄐㄧㄚ

造句 媽媽叫我放學後馬上**回家**。

說明 到家裡去。

【回答】 詞性 動詞 ㄏㄨㄟˊ ㄉㄚˊ

造句 誰能**回答**這個問題？

說明 這個問題誰能給一個答案？

地

詞性 助詞 ㄉㄜ˙

造句 媽媽高興**地**笑了起來。

說明 媽媽很高興，媽媽笑了起來。這讓人看到了媽媽笑的時候高興的樣子。形容詞「高興」後面加上「地」就變成副詞（高興地）。

地

詞性 名詞 ㄉㄧˋ

造句 這裡**地**不平，走路要小心。

說明 走路時我們的腳下就是地。

【地下】 詞性 名詞 ㄉㄧˋ ㄒㄧㄚˋ

造句 超市**地下**還有兩層。

說明 地的下面。

【地上】 詞性 名詞 ㄉㄧˋ ㄕㄤˋ

造句 別坐在**地上**，**地上**有水。

說明 地的上面。

1-1 【地方】 詞性 名詞 ㄉㄧˋ ㄈㄤ

造句 圖書館是我常常去的**地方**。

說明 圖書館那裡我常常去。

1-2 【地方】 詞性 名詞 ㄉㄧˋ ㄈㄤ

造句 我背上有個**地方**很癢。

說明 我背上不知哪裡很癢。

【地址】 詞性 名詞 ㄉㄧˋ ㄓˇ

造句 我知道他的**地址**，能找到他。

說明 我知道他住的地方。

【地面】 詞性 名詞 ㄉㄧˋ ㄇㄧㄢˋ

造句 屋頂到**地面**有三公尺。

說明 地的表面。

【地圖】 詞性 名詞 ㄉㄧˋ ㄊㄨˊ

造句 我在**地圖**上找到要去的地方。

說明 地圖是一張紙，上面寫著路名，讓人找到要去的地方。

在 1 詞性 動詞 ㄗㄞˋ

造句 我還**在**教室裡沒走。

說明 你到教室去就能找到我。

在 2 詞性 助詞 ㄗㄞˋ

造句 爸爸**在**看報紙。

說明 爸爸一直看，還沒看完。

在 3-1 詞性 介詞 ㄗㄞˋ

造句 哥哥**在**房間裡聽音樂。

說明 哥哥聽音樂的地方是房間裡。

在 3-2 詞性 介詞 ㄗㄞˋ

造句 我**在**早上八點見過小敏。

說明 我看見小敏的時間是早上八點。

多 1 詞性 數詞 ㄉㄨㄛ

造句 我今天花了五百**多**元。

說明 超過五百元，大約是五百三十元。

多

詞性：動詞　ㄉㄨㄛ

造句：我怎麼會多了一支筆？

說明：剛才是三支筆，現在是四支筆。原來有一支筆是小敏的。

多[3]

詞性：形容詞　ㄉㄨㄛ

造句：我的書比小明的多。

說明：我有二十本書，小明有十五本。

多[4-1]

詞性：副詞　ㄉㄨㄛ

造句：你弟弟有多大了？

說明：用在疑問句，跟「有」一起用，表示年紀。你弟弟是三歲還是五歲？

多[4-2]

詞性：副詞　ㄉㄨㄛ

造句：這件衣服多好看啊！

說明：用在感嘆句，表示這件衣服眞好看。

【多少】

詞性：限定詞　ㄉㄨㄛ ㄕㄠˇ

造句：冰箱裡還有多少個雞蛋？

說明：「多少」用在疑問句，問的是數量。冰箱的雞蛋有十二個，還是五個？

【多數】

詞性：名詞　ㄉㄨㄛ ㄕㄨˋ

造句：他們班上多數是女孩。

說明：「多數」表示超過一半。全班有三十個孩子，一半是十五個，但是女孩有十七個。

好[1-1]

詞性：形容詞　ㄏㄠˇ

造句：今天天氣很好。

說明：今天有太陽，不冷也不熱。

好[1-2] 詞性：形容詞 ㄏㄠˇ

造句 我家的鄰居對我們眞好。

說明 常常向我們問好，幫助我們。

好[1-3] 詞性：形容詞 ㄏㄠˇ

造句 爺爺病了三天，現在好了。

說明 現在不再生病了。

【好久】 詞性：名詞 ㄏㄠˇ ㄐㄧㄡˇ

造句 你快來啊，我們等好久了。

說明 我們等了很長時間了。

【好吃】 詞性：形容詞 ㄏㄠˇ ㄔ

造句 媽媽做的菜很好吃。

說明 媽媽做的菜味道很好，大家都愛吃。

【好玩】 詞性：形容詞 ㄏㄠˇ ㄨㄢˊ

造句 到海邊過暑假，好玩極了。

說明 使人很高興。

【好玩的】 詞性：形容詞 ㄏㄠˇ ㄨㄢˊ ˙ㄉㄜ

造句 臺南有很多好玩的地方。

說明 有很多使人感興趣的地方。

【好看】 詞性：形容詞 ㄏㄠˇ ㄎㄢˋ

造句 姊姊買的衣服都很好看。

說明 姊姊買的衣服都很漂亮，看起來很美。

【好聽】 詞性：形容詞 ㄏㄠˇ ㄊㄧㄥ

造句 李老師唱歌很**好**聽。

說明 李老師唱歌的聲音大家都喜歡聽。

她

詞性｜代詞　ㄊㄚ

造句 小敏在嗎？我想找**她**。

說明 小敏是一個女孩子，我們用「她」。

【她們】

詞性｜代詞　ㄊㄚ ˙ㄇㄣ

造句 姊姊和妹妹在哪裡？我找**她們**。

說明 「她們」是另外的幾個人，當中都是女孩子。

如

詞性｜助詞　ㄖㄨˊ

造句 我愛吃肉，**如**雞肉、魚肉、牛肉。

說明 我愛吃雞肉、魚肉、牛肉，這些都愛吃。「如」表示舉例。

【如果】1-1

詞性｜連詞　ㄖㄨˊ ㄍㄨㄛˇ

造句 媽媽**如果**知道了，一定很高興。

說明 媽媽知道了，會很高興。現在媽媽還不知道。

【如果】1-2

詞性｜連詞　ㄖㄨˊ ㄍㄨㄛˇ

造句 **如果**你去，我就去。

說明 你決定去，我也去。現在你還沒有決定。

字

詞性｜名詞　ㄗˋ

造句 「轉」這個字有兩個讀音。

說明 我們看到的「轉」有兩個讀音。

安 ㄢ

【安全】 詞性：形容詞 ㄢ ㄑㄩㄢˊ

造句 跑步的時候，要注意安全。

說明 要注意不要摔倒受傷。

【安靜】 詞性：形容詞 ㄢ ㄐㄧㄥˋ

造句 放學以後，學校很安靜。

說明 聽不到什麼聲音。

尖

詞性：形容詞 ㄐㄧㄢ

造句 鉛筆芯不夠尖，寫不了小字。

說明 鉛筆芯很細，才能寫出很小的字來。

年 1-1

詞性：名詞 ㄋㄧㄢˊ

造句 這一年我們過得很快樂。

說明 當十二月過完的時候，就是過了一年。

年 1-2

詞性：名詞 ㄋㄧㄢˊ

造句 我們是二〇〇〇年搬來臺北的。

說明 「年」用在數字後面表示時間的算數。

【年級】 詞性：名詞 ㄋㄧㄢˊ ㄐㄧˊ

造句 妹妹剛滿六歲，上一年級。

說明 表示上學時間的算數。

忙

詞性：形容詞 ㄇㄤˊ

造句 爸爸這幾天很忙，很晚才回家。

說明 爸爸要做的事情很多，所以很忙。

成

詞性：動詞 ㄔㄥˊ

造句 姊姊畢業以後**成**了中學老師。

說明 姊姊本來不是中學老師，畢業以後就是了。

【成績】 詞性 名詞 ㄔㄥˊ ㄐㄧ

造句 我今年的考試**成績**比去年好。

說明 我今年的考試分數比去年高。

收 1-1
詞性 動詞 ㄕㄡ

造句 老師叫小明**收**作業。

說明 同學們寫的作業先交給小明，然後小明再交給老師。

收 1-2
詞性 動詞 ㄕㄡ

造句 我生日那天**收**了很多禮物。

說明 從別人那裡得到。

【收到】 詞性 動詞 ㄕㄡ ㄉㄠˋ

造句 昨天爸爸**收到**了三封信。

說明 有人寄信給爸爸，爸爸都拿到了。

【收拾】 詞性 動詞 ㄕㄡ ㄕˊ

造句 媽媽**收拾**廚房，姊姊**收拾**客廳。

說明 「收拾」表示把地方弄整齊、弄乾淨。

早 1
詞性 形容詞 ㄗㄠˇ

造句 上課時間還**早**，別著急。

說明 現在不會馬上上課，離上課還有不少時間。

早 2
詞性 副詞 ㄗㄠˇ

造句 你現在才來找他，他早走了。

說明 他在你來到之前已經走了一段時間了。

【早上】 詞性 名詞 ㄗㄠˇ ㄕㄤˋ

造句 叔叔早上打電話給我。

說明 從天亮到上午八點鐘這一段時間，叫「早上」。

【早飯】 詞性 名詞 ㄗㄠˇ ㄈㄢˋ

造句 我今天晚起，沒吃早飯。

說明 我今天早上沒吃東西。

有[1-1] 詞性 動詞 ㄧㄡˇ

造句 我有一輛腳踏車。

說明 這輛腳踏車是我的。

有[1-2] 詞性 動詞 ㄧㄡˇ

造句 學校後面有一個操場。

說明 操場在學校的後面。

有[1-3] 詞性 動詞 ㄧㄡˇ

造句 他的病有好幾天了，還沒好。

說明 他一直病了好幾天。

【有事】 詞性 動詞 ㄧㄡˇ ㄕˋ

造句 叔叔有事，下午才能來。

說明 叔叔有事情要辦，不方便現在就來。

【有些】[1] 詞性 代詞 ㄧㄡˇ ㄒㄧㄝ

造句 課文裡的字有些我不認識。

說明 有幾個，不多。

2【有些】 詞性 副詞 ㄧㄡˇ ㄒㄧㄝ

造句 我覺得**有些**不舒服。

說明 我感覺不舒服，但不是很不舒服。

【有的】 詞性 限定詞 ㄧㄡˇ ˙ㄉㄜ

造句 **有的**老師在學校教十年了。

說明 一些老師。

【有的是】 詞性 動詞 ㄧㄡˇ ˙ㄉㄜ ㄕˋ

造句 蛋糕**有的是**，你多吃點。

說明 蛋糕還有很多。

【有時候】 詞性 副詞 ㄧㄡˇ ㄕˊ ㄏㄡˋ

造句 我**有時候**比較晚才睡覺。

說明 我常常比較早睡覺，但有幾次比較晚才睡覺。

【有趣】 詞性 形容詞 ㄧㄡˇ ㄑㄩˋ

造句 這部電影很**有趣**，我看了兩遍。

說明 讓我們看得很高興。

【有點兒】 詞性 副詞 ㄧㄡˇ ㄉㄧㄢˇ ㄦ

造句 今天**有點兒**熱。

說明 今天不是很熱，但比較熱。

朵

詞性 量詞 ㄉㄨㄛˇ

造句 這**朵**花眞香。

說明 「朵」用在花的前面。

次[1-1]

詞性：量詞　ㄘˋ

造句：兩次比賽小明都參加了。

說明：用在名詞前面，表示有多少回。

次[1-2]

詞性：量詞　ㄘˋ

造句：我來過兩次，都有找到他。

說明：用在動詞後面，表示有多少回。

死

詞性：動詞　ㄙˇ

造句：那個人死在醫院裡了。

說明：那個人沒有生命了，他的生命停止了。

汗

詞性：名詞　ㄏㄢˋ

造句：天氣熱得我全身冒汗。

說明：很熱的時候，我們皮膚會有像水的東西。

【出汗】

詞性：動詞　ㄔㄨ　ㄏㄢˋ

造句：我喝了一杯熱水，頭上出汗。

說明：頭上有很多像水的東西。

【擦汗】

詞性：動詞　ㄘㄚ　ㄏㄢˋ

造句：媽媽用毛巾幫我擦汗。

說明：用毛巾幫我把皮膚上像水的東西擦乾。

百

詞性：數詞　ㄅㄞˇ

造句：這本書要一百元。

說明：九十九元加一元。

【百分之】

詞性：數詞　ㄅㄞˇ　ㄈㄣ　ㄓ

造句 班上有百分之十的同學戴眼鏡。

說明 一百個有十個戴眼鏡（「百分之」後面要用少於一百的數字）。

【百貨公司】 詞性 名詞 ㄅㄞˇ ㄏㄨㄛˋ ㄍㄨㄥ ㄙ

造句 百貨公司裡的東西眞多呀！

說明 很大的商店，裡面賣很多東西。

米

詞性 名詞 ㄇㄧˇ

造句 小明的弟弟有一米高了。

說明 一米等於一百公分。

老

詞性 形容詞 ㄌㄠˇ

造句 爺爺今年九十歲，已經很老了。

說明 年紀已經很大了。

1-1 **【老是】** 詞性 副詞 ㄌㄠˇ ㄕˋ

造句 奶奶身體不好，老是生病。

說明 經常生病（表經常）。

1-2 **【老是】** 詞性 副詞 ㄌㄠˇ ㄕˋ

造句 他借了我的筆，老是不還我。

說明 很長時間一直不還我（表很長時間）。

【老師】 詞性 名詞 ㄌㄠˇ ㄕ

造句 她是我的老師，我是她的學生。

說明 她的工作是教學生。

考

詞性 動詞 ㄎㄠˇ

造句 明天考數學，姊姊幫我複習。

說明
老師出數學題讓我們做。

1 **【考試】** 詞性｜名詞 ㄎㄠˇ ㄕˋ

造句 我很害怕這次英文**考試**考不好。

說明
老師出題目讓學生在教室裡做，然後給分數。

2 **【考試】** 詞性｜動詞 ㄎㄠˇ ㄕˋ

造句 我們有兩門課要**考試**。

說明
有兩門課，當中老師出題目讓我們回答，答對了給分。

而 ㄦˊ

【而且】 詞性｜連詞 ㄦˊ ㄑㄧㄝˇ

造句 我去過花蓮，**而且**還不止一次。

說明
表示還想多告訴人家一些事情。

耳 ㄦˇ

【耳朵】 詞性｜名詞 ㄦˇ ˙ㄉㄨㄛ

造句 小敏有一對小**耳朵**。

說明
長在臉的兩旁，用來聽人家說話。

肉 1-1 詞性｜名詞 ㄖㄡˋ

造句 弟弟胖胖的，**肉**多，很可愛。

說明
人身上的皮的下面是「肉」。

肉 1-2 詞性｜名詞 ㄖㄡˋ

造句 妹妹愛吃**肉**，不愛吃菜。

說明
動物身上的皮的下面，可以吃。

自 ㄗˋ

【自己】 詞性 代詞 ㄗˋ ㄐㄧˇ

造句 我沒叫他走，是他自己走的。

說明 他不聽別人的話，想走就走了。

【自動】 詞性 副詞 ㄗˋ ㄉㄨㄥˋ

造句 你不用推，這門會自動打開。

說明 「自動」就是不需要用手。

【自從】 詞性 介詞 ㄗˋ ㄘㄨㄥˊ

造句 自從去年一月以後，我就沒見過他。

說明 從去年一月開始，我就沒見過他。

至 ㄓˋ

【至少】 詞性 副詞 ㄓˋ ㄕㄠˇ

造句 這課課文至少有十個生詞。

說明 最少有十個生詞，可能是十一個，或是十二個。

舌 ㄕㄜˊ

【舌頭】 詞性 名詞 ㄕㄜˊ ˙ㄊㄡ

造句 妹妹不小心咬到自己的舌頭。

說明 「舌頭」長在嘴巴裡，幫助我們吃東西。

血 詞性 名詞 ㄒㄧㄝˇ

造句 我的手指破了，流了一點血。

說明 你的身體受了傷，受傷的地方會流紅紅的水，這是你的「血」。

行 ㄏㄤˊ

詞性 量詞

造句 我一共寫了十行字。

說明 橫式寫法從左邊寫到右邊就是「一行」。

衣 ㄧ

【衣服】 詞性 名詞 ㄧ ㄈㄨˊ

造句 今天比較冷，多穿一件衣服吧。

說明 穿在身上保暖的叫「衣服」。

西 ㄒㄧ

詞性 名詞

造句 從火車站往西走可以到那裡。

說明 太陽下來的方向是「西」。

【西瓜】 詞性 名詞 ㄒㄧ ㄍㄨㄚ

造句 夏天我們最愛吃西瓜了。

說明 一種水果，皮是綠的，肉是紅或黃色，甜甜的。

【西面】 詞性 名詞 ㄒㄧ ㄇㄧㄢˋ

造句 南門市場在火車站的西面。

說明 一〇一大樓在火車站的東面。

位 ㄨㄟˋ

【位子】 詞性 名詞 ㄨㄟˋ ˙ㄗ

造句 我們的位子太靠後面了。

說明 我們站的地方或者坐的地方應該靠前面一點。

住 ㄓㄨˋ

詞性 動詞

造句 他們**住**在我家附近。

說明 他們家在我家附近有很長時間了。

伸 ㄕㄣ

詞性 動詞

造句 他**伸**手能搆著書架最高一層。

說明 他的手儘量往上就搆著。

但 ㄉㄢˋ

【但是】 ㄉㄢˋ ㄕˋ

詞性 連詞

造句 這件衣服很漂亮，**但是**太貴了。

說明 衣服漂亮，衣服貴；我想買，我的錢不夠。表示一種情況轉向另一種情況。

你 ㄋㄧˇ

詞性 代詞

造句 **你**叫什麼名字？

說明 我跟一個人說話，這個人我就叫「你」。

【你們】 ㄋㄧˇ ˙ㄇㄣ

詞性 代詞

造句 **你們**三個人在說什麼？

說明 我跟幾個人說話，這幾個人我就叫「你們」。

低 1-1 ㄉㄧ

詞性 形容詞

造句 衣服掛得太**低**，快碰到地面了。

說明 離地面很近。

低 1-2 ㄉㄧ

詞性 形容詞

造句　妹妹的聲音太**低**，我聽不清楚。

說明　她的聲音太小。

低 [1-3]

詞性　形容詞　ㄉㄧ

造句　小敏比小明**低**一個年級。

說明　小敏三年級，小明四年級。

冷 [1-1]

詞性　形容詞　ㄌㄥˇ

造句　今天很**冷**，要多穿點衣服。

說明　今天的溫度很低。

冷 [1-2]

詞性　形容詞　ㄌㄥˇ

造句　我很**冷**，快給我一杯熱水。

說明　我感覺身體溫度很低。

【冷氣】

詞性　名詞　ㄌㄥˇ ㄑㄧˋ

造句　教室裡開了**冷氣**，所以不熱。

說明　「冷氣」可以使教室裡的溫度變低。

別

詞性　副詞　ㄅㄧㄝˊ

造句　麵包不新鮮，**別**吃了。

說明　不要吃。

【別人】

詞性　名詞　ㄅㄧㄝˊ ㄖㄣˊ

造句　教室裡只剩我們倆，**別人**都走了。

說明　除了我們倆，沒有其他人。

【別人的】

詞性　形容詞　ㄅㄧㄝˊ ㄖㄣˊ ˙ㄉㄜ

造句　**別人的**東西不能隨便拿。

說明 不是自己的東西。

【別的】 詞性 形容詞 ㄅㄧㄝˊ ˙ㄉㄜ

造句 我不吃麵包，還有**別的**點心嗎？

說明 除了麵包，譬如說有餅乾、蛋糕嗎？

即 ㄐㄧˊ

1-1 【即使】 詞性 連詞 ㄐㄧˊ ㄕˇ

造句 我沒有時間，**即使**有時間也不去。

說明 我沒有時間，如果有時間也不去。表示有沒有時間我都不會去。

1-2 【即使】 詞性 連詞 ㄐㄧˊ ㄕˇ

造句 他會來，不過**即使**來也會晚來。

說明 如果他眞的來，也會晚來，不會早來。

吞 詞性 動詞 ㄊㄨㄣ

造句 他把藥放進嘴裡往下吞。

說明 藥從嘴巴進肚子裡去。

吧 1-1 詞性 語氣詞 ˙ㄅㄚ

造句 快去找找**吧**。

說明 你最好去找找看（表示催促）。

吧 1-2 詞性 語氣詞 ˙ㄅㄚ

造句 我想小敏會來**吧**。

說明 小敏也許會來，也許不來，我不知道（表示猜測）。

告 ㄍㄠˋ

【告訴】 詞性：動詞 ㄍㄠˋ ㄙㄨˋ

造句 你先猜猜看，猜不到，我再**告訴**你。

說明 我再讓你知道。

吹[1-1] 詞性：動詞 ㄔㄨㄟ

造句 一陣北風**吹**來，我覺得冷極了。

說明 有一陣北風經過我在的地方，我覺得很冷。

吹[1-2] 詞性：動詞 ㄔㄨㄟ

造句 哥哥幫我**吹**氣球。

說明 哥哥用嘴巴吐氣，讓氣球變得大大的。

吵 ㄔㄠˇ

【吵架】 詞性：動詞 ㄔㄠˇ ㄐㄧㄚˋ

造句 我跟妹妹從來不**吵架**。

說明 我從來沒有大聲地說妹妹不好，妹妹也從來沒有說我不好。

【吵醒】 詞性：動詞 ㄔㄠˇ ㄒㄧㄥˇ

造句 電視的聲音把我**吵醒**了。

說明 我睡覺的時候，突然聽到電視的聲音就醒了。

呀 詞性：感嘆詞 ㄧㄚ

造句 **呀**，原來是你。

說明 我沒想到是你。

坐[1-1] 詞性：動詞 ㄗㄨㄛˋ

造句 你**坐**那張椅子吧。

說明 「坐」表示整個身體在椅子上。

坐[1-2]

詞性 動詞 ㄗㄨㄛˋ

造句 明天我跟媽媽**坐**高鐵去高雄。

說明 「坐」表示坐高鐵，坐公車，坐飛機到別的地方去。

夾

詞性 動詞 ㄐㄧㄚˊ

造句 妹妹還不會用筷子**夾**菜。

說明 還不會用筷子把菜撿起來放在嘴巴裡。

完

詞性 動詞 ㄨㄢˊ

造句 測驗花半個小時就**完**了。

說明 測驗半個小時，老師就說時間到了。

【完全】 詞性 副詞 ㄨㄢˊ ㄑㄩㄢˊ

造句 [illegible]

說明 她沒有什麼地方不舒服了。

希

ㄒㄧ

【希望】 詞性 動詞 ㄒㄧ ㄨㄤˋ

造句 我**希望**能考上第一名。

說明 我非常想考上第一名。

床

詞性 名詞 ㄔㄨㄤˊ

造句 我長大了，媽媽幫我買了新**床**。

說明 人可以躺在上面休息睡覺。

弟

ㄉㄧˋ

【弟弟】 詞性 名詞 ㄉㄧˋ ˙ㄉㄧ

造句 他是我**弟弟**，不是我哥哥。

說明　我們倆都是父母的兒子，他的年齡比我小。

忘
詞性　動詞　ㄨㄤˋ

說明　我不記得關燈了。

造句　出門的時候，我**忘**了關燈。

【忘光】
詞性　動詞　ㄨㄤˋ ㄍㄨㄤ

說明　我完全沒有記住爸爸的話。

造句　我把爸爸的話都**忘光**了。

【忘記】
詞性　動詞　ㄨㄤˋ ㄐㄧˋ

說明　沒有記住。

造句　他的話我都記住了，不會**忘記**。

快[1]
詞性　形容詞　ㄎㄨㄞˋ

造句　他跑到學校，跑得比我**快**。

說明　他跑到學校用的時間比我短。

快[2-1]
詞性　副詞　ㄎㄨㄞˋ

說明　不要在路上停留。

造句　媽媽叫你**快**回家。

快[2-2]
詞性　副詞　ㄎㄨㄞˋ

說明　再過不久就十歲。

造句　我今年九歲多，**快**十歲了。

我
詞性　代詞　ㄨㄛˇ

說明　指說話的人。

造句　**我**今年十歲，唸國小四年級。

【我們】 詞性：代詞 ㄨㄛˇ ·ㄇㄣ

造句：**我們**是四年級，他們是五年級。

說明：指說話的幾個人。

抄 詞性：動詞 ㄔㄠ

造句：考試的時候不能**抄**別人的答案。

說明：不能看著別人的答案來寫。

【抄寫】 詞性：動詞 ㄔㄠ ㄒㄧㄝˇ

造句：小敏在**抄寫**課文。

說明：看著課文來寫。

扶[1-1] 詞性：動詞 ㄈㄨˊ

造句：哥哥**扶**爺爺下車。

說明：哥哥拉著爺爺的手臂，幫他下車。

扶[1-2] 詞性：動詞 ㄈㄨˊ

造句：你幫我**扶**著腳踏車。

說明：不讓腳踏車倒下來。

把[1-1] 詞性：介詞 ㄅㄚˇ

造句：媽媽**把**衣服洗得很乾淨。

說明：衣服洗得怎麼樣？很乾淨（表示結果）。

把[1-2] 詞性：介詞 ㄅㄚˇ

造句：**把**花瓶放在電視機旁邊。

說明：花瓶放在哪裡？放在電視機旁邊（表示地點）。

把 1-3
詞性：介詞　ㄅㄚˇ
造句：小明**把**腳踏車還給我了。
說明：腳踏車還給誰了？還給我了（表示接受的人）。

找 1-1
詞性：動詞　ㄓㄠˇ
造句：你幫我**找**一下我的帽子好嗎？
說明：你幫我到處看看，看看我的帽子究竟在什麼地方。

找 1-2
詞性：動詞　ㄓㄠˇ
造句：我來**找**李老師。
說明：我來是想看看李老師在不在這裡。

找 1-3
詞性：動詞　ㄓㄠˇ
造句：我給他三百元，他**找**我二百元。
說明：這些書三百元，我給他五百元，他退我二百元，正好。

【找不到】
詞性：動詞　ㄓㄠˇ　ㄅㄨˊ　ㄉㄠˋ
造句：我怎樣也**找不到**我的筆。
說明：我到處看看，結果還是沒發現我的筆。

改 1-1
詞性：動詞　ㄍㄞˇ
造句：他知道遲到不對，可就是不**改**。
說明：還是經常遲到，跟以前一樣。

改 1-2
詞性：動詞　ㄍㄞˇ
造句：我搬家，地址**改**了。
說明：原來是五十九巷，現在是十巷。

改 1-3
詞性：動詞　ㄍㄞˇ

說明 把這個句子變得更好。

更

詞性 副詞 ㄍㄥˋ

造句 昨天很冷，今天更冷。

說明 昨天氣溫十度，已經很冷。今天氣溫三度，比昨天還要冷。

每 1-1

詞性 限定詞 ㄇㄟˇ

造句 我們每個人都看過這部電影。

說明 我們當中所有人都看過這部電影。

每 1-2

詞性 限定詞 ㄇㄟˇ

造句 我每次去臺南，都會去看她。

說明 我去一次臺南，就見她一次。

【每隔】 詞性 介詞 ㄇㄟˇ ㄍㄜˊ

造句 我每隔一個月理一次頭髮。

說明 我過一個月就去理一次頭髮。

求

詞性 動詞 ㄑㄧㄡˊ

造句 你跟我一起去吧，我求你了。

說明 我非常希望你跟我一起去。

沙

ㄕㄚ

【沙子】 詞性 名詞 ㄕㄚ ˙ㄗ

造句 我眼睛進了一粒沙子。

說明 很小很小的石子。

【沙發】 詞性 名詞 ㄕㄚ ㄈㄚ

造句 我家客廳有一套大沙發。

說明 很大，坐上去很舒服的椅子。

沒[1]
詞性 動詞 ㄇㄟˊ

造句 今天是陰天，**沒**看見太陽。

說明 人們看不見太陽。

沒[2]
詞性 副詞 ㄇㄟˊ

造句 商店開門了吧？——還**沒**開門呢。

說明 商店還關著門，過一會兒才開門。

【沒有】[1-1]
詞性 動詞 ㄇㄟˊ ㄧㄡˇ

造句 我想買一塊蛋糕，可是**沒有**錢。

說明 有錢可以買，沒有錢不可以買。

【沒有】[1-2]
詞性 ㄇㄟˊ ㄧㄡˇ

造句 今天晴天，**沒有**下雨。

說明 不會下雨。

【沒有】[1-3]
詞性 動詞 ㄇㄟˊ ㄧㄡˇ

造句 我還**沒有**五十公斤，太瘦了。

說明 我還不到五十公斤。

【沒有】[1-4]
詞性 動詞 ㄇㄟˊ ㄧㄡˇ

造句 今天**沒有**昨天冷。

說明 昨天很冷，今天不像昨天那麼冷。

【沒有】[2]
詞性 副詞 ㄇㄟˊ ㄧㄡˇ

造句 我今天都**沒有**看見小明。

說明 以前天天都看見小明，今天一整天看不著他。

汽 ㄑㄧ

【汽水】 詞性 名詞 ㄑㄧˋ ㄕㄨㄟˇ

造句 天氣太熱了，喝瓶汽水吧。

說明 一種甜甜的水，冰了更好喝。

【汽車】 詞性 名詞 ㄑㄧˋ ㄔㄜ

造句 我家買了一輛新汽車。

說明 可以坐進去、有四個輪子、跑得很快的機器。

男 詞性 形容詞 ㄋㄢˊ

造句 左邊是男廁所，右邊是女廁所。

說明 「男」，像爺爺、爸爸、叔叔、哥哥、弟弟。

肚 ㄉㄨˋ

【肚子】 詞性 名詞 ㄉㄨˋ ˙ㄗ

造句 我沒吃早飯，肚子很餓。

說明 一個人的頭，下面是胸，再下面就是肚子。吃的東西就在肚子裡面。

見 詞性 動詞 ㄐㄧㄢˋ

造句 我一直在門口，但沒見她進來。

說明 沒有看見她從門口進來。

【見到】 詞性 動詞 ㄐㄧㄢˋ ㄉㄠˋ

造句 我在商店買東西時見到小明。

說明 小明也在商店裡，我看見他。

【見面】 詞性 動詞 ㄐㄧㄢˋ ㄇㄧㄢˋ

造句 今年以來，我們很少**見面**。

說明 我們很少在一起。

【跟…見面】 詞性 動詞 ㄍㄣ…ㄐㄧㄢˋ ㄇㄧㄢˋ

造句 昨天媽媽**跟**我的老師**見**了**面**。

說明 媽媽跟我的老師在一起，談了一會兒。

【見過】1-1 詞性 動詞 ㄐㄧㄢˋ ㄍㄨㄛˋ

造句 我家住基隆，當然**見過**海。

說明 當然看見過海。

【見過】1-2 詞性 動詞 ㄐㄧㄢˋ ㄍㄨㄛˋ

造句 我跟他不熟，只**見過**一兩次面。

說明 遇到過一兩次。

走1-1 詞性 動詞 ㄗㄡˇ

造句 弟弟剛滿一歲就會自己**走**路了。

說明 就會用自己的兩條腿往前去了。

走1-2 詞性 動詞 ㄗㄡˇ

造句 我去教室找他，他已經**走**了。

說明 他已經離開教室了。

走1-3 詞性 動詞 ㄗㄡˇ

造句 我的手錶**走**得很準。

說明 不快也不慢，很準時。

【走出去】 詞性 動詞 ㄗㄡˇ ㄔㄨ ㄑㄩˋ

造句 他剛**走出去**，就下起雨來。

他剛從房子裡走到外面。

【走出來】 詞性：動詞 ㄗㄡˇ ㄔㄨ ㄌㄞˊ

造句：下課了，同學們都從教室走出來。

說明：同學們從教室裡走到外面來。

【走光】 詞性：動詞 ㄗㄡˇ ㄍㄨㄤ

造句：放學了，孩子們都走光了。

說明：孩子們都離開學校，一個也沒有了。

足 ㄗㄨˊ

1-1

【足球】 詞性：名詞 ㄗㄨˊ ㄑㄧㄡˊ

造句：小明的生日禮物是一個足球。

說明：一種球，圓圓的，給人用腳踢著玩的。

【足球】 詞性：名詞 ㄗㄨˊ ㄑㄧㄡˊ

造句：我不會踢，但是喜歡看足球。

說明：喜歡看「足球」，就是喜歡看別人踢足球，喜歡看足球比賽。

身 ㄕㄣ

【身高】 詞性：名詞 ㄕㄣ ㄍㄠ

造句：他身高一百五十公分，是全班最高的。

說明：他站直了，從他的腳到頭上有一百五十公分高。

【身體】 詞性：名詞 ㄕㄣ ㄊㄧˇ

造句：吃得好睡得好，身體就健康。

說明：就不容易生病。

車

詞性：名詞　ㄔㄜ

造句：我們家買了一臺新**車**。

說明：有四個輪子，在馬路上走的。

【車站】

詞性：名詞　ㄔㄜ ㄓㄢˋ

造句：**車站**裡有很多人在等車。

說明：公車停下來讓人上下車的地方。

那

詞性：限定詞　ㄋㄚˋ

造句：前面**那**棟大樓是郵局。

說明：郵局在我們前面遠一點的地方。

【那些】

詞性：代詞　ㄋㄚˋ ㄒㄧㄝ

造句：這些東西是我的，**那些**不是。

說明：「這些」離我近，「那些」離我遠。

【那裡】

詞性：代詞　ㄋㄚˋ ㄌㄧˇ

造句：**那裡**可遠了，坐高鐵要坐兩小時。

說明：「那邊」指遠一點的地方；「那裡」指相當遠的地方。

【那麼】

詞性：代詞　ㄋㄚˋ ˙ㄇㄜ

造句：天氣**那麼**熱，別出去了。

說明：天氣太熱了。

【那樣】

詞性：代詞　ㄋㄚˋ ㄧㄤˋ

造句：我也想買一條**那樣**的裙子。

說明：這樣的裙子我不要，我要那樣的。表示離我遠一點的那條裙子。

【那邊】 詞性 代詞 ㄋㄚˋ ㄅㄧㄢ

造句 這張桌子最好放在**那邊**。

說明 放在遠一點的那個地方。

八畫

並 ㄅㄧㄥˋ

【並且】 詞性 連詞 ㄅㄧㄥˋ ㄑㄧㄝˇ

造句 我們要懂規矩，**並且**要懂禮貌。

說明 懂規矩，更要懂禮貌。

事 ㄕˋ

【事情】 詞性 名詞 ㄕˋ ㄑㄧㄥˊ

造句 不要把這件**事情**告訴別人。

說明 生活裡你看到的、聽到的、你做的，就叫「事情」。

些 詞性 數詞 ㄒㄧㄝ

造句 姊姊在商店買了**些**蘋果。

說明 買了幾個蘋果，不太多。

依 ㄧ

【依靠】 詞性 動詞 ㄧ ㄎㄠˋ

造句 弟弟做什麼事都**依靠**哥哥。

說明 弟弟什麼事都需要哥哥幫助。

來 詞性 動詞 ㄌㄞˊ

造句 叔叔今天要**來**我家。

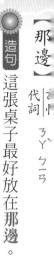

說明 叔叔從別的地方到我家。

【從…來】 詞性 動詞 ㄘㄨㄥˊ…ㄌㄞˊ

造句 他們**從**臺中**來**，要十點才到。

說明 他們離開臺中要到我們這裡。

【來不及】 詞性 動詞 ㄌㄞˊ ㄅㄨˋ ㄐㄧˊ

造句 商店快關門，現在去**來不及**了。

說明 現在去，時間不夠了。

【來得及】 詞性 動詞 ㄌㄞˊ ˙ㄉㄜ ㄐㄧˊ

造句 還有半小時，現在去**來得及**。

說明 現在去，時間是夠的。

兒 ㄦˊ

【兒子】 詞性 名詞 ㄦˊ ˙ㄗ

造句 他們只有一個**兒子**，叫小明。

說明 小明是男孩，爸爸媽媽叫他兒子。

兩 詞性 數詞 ㄌㄧㄤˇ

造句 我找到三本書，買了**兩**本。

說明 第一本買了，第二本也買了。

其 ㄑㄧˊ

【其中】 詞性 名詞 ㄑㄧˊ ㄓㄨㄥ

造句 有五個人得八十分，**其中**有我。

說明 我是五個人裡的一個。

【其他】 詞性 代詞 ㄑㄧˊ ㄊㄚ

造句 只有他在教室，**其他**人都不在。

說明 除了他，沒有別的人在教室。

【其實】 詞性 副詞 ㄑㄧˊ ㄕˊ

造句 她看起來像男孩，**其實**是女孩。

說明 她不是男孩，只是像男孩，她是女孩。

【其餘】 詞性 代詞 ㄑㄧˊ ㄩˊ

造句 我答對三題，**其餘**都答錯了。

說明 一共有五題，我答對三題，答錯了兩題。在五題當中，「其餘」就表示兩題。

刷 ㄕㄨㄚ

【刷牙】 詞性 動詞 ㄕㄨㄚ ㄧㄚˊ

造句 我早上和晚上都**刷牙**。

說明 用牙刷把牙齒弄乾淨。

到 詞性 動詞 ㄉㄠˋ

造句 我坐的高鐵大約中午**到**臺北。

說明 大約中午我坐的高鐵會在要去的地方——臺北。

叔 ㄕㄨˊ

【叔叔】 詞性 名詞 ㄕㄨˊ ˙ㄕㄨ

造句 我和爸爸到臺南去看**叔叔**。

說明 「叔叔」就是爸爸的弟弟。

受 ㄕㄡˋ

【受傷】 詞性 動詞 ㄕㄡˋ ㄕㄤ

造句 他摔了一跤，膝蓋**受傷**了。

說明 膝蓋流血，很痛。

味 ㄨㄟˋ

【味道】 詞性 名詞 ㄨㄟˋ ㄉㄠˋ

造句 這個魚湯的**味道**好極了。

說明 嚐一嚐這個魚湯就會覺得非常好喝。

咖 ㄎㄚ

【咖啡】 詞性 名詞 ㄎㄚ ㄈㄟ

造句 爸爸早上愛喝一杯**咖啡**。

說明 一種大人喝的東西，黑黑的，加了糖和牛奶很好喝。

和 詞性 連詞 ㄏㄜˊ

造句 我**和**小敏都讀三年級。

說明 我讀三年級，小敏也讀三年級。我和小敏都讀三年級。

呢 詞性 助詞 ˙ㄋㄜ

造句 小明**呢**，他去哪裡了？

說明 小明應該在這裡，現在他到哪裡去了？

周 ㄓㄡ

【周圍】 詞性 名詞 ㄓㄡ ㄨㄟˊ

造句 我們學校**周圍**有不少樹。

說明 我們學校的前面、後面和旁邊都有很多樹。

垃 ㄌㄜˋ

【垃圾】 詞性 名詞 ㄌㄜˋ ㄙㄜˋ

造句 星期日晚上，街上的垃圾很多。

說明 街上有很多人們扔掉的髒東西。

夜 ㄧㄝˋ

【夜晚】 詞性：名詞 ㄧㄝˋ ㄨㄢˇ

造句 夏天的**夜晚**很短，七點鐘才天黑。

說明 從天黑到天亮的那段時間。

【夜裡】 詞性：名詞 ㄧㄝˋ ㄌㄧˇ

造句 這間商店**夜裡**也開門。

說明 天黑的時候也開門。

奇 ㄑㄧˊ

【奇怪】 詞性：形容詞 ㄑㄧˊ ㄍㄨㄞˋ

造句 他戴著一頂帽子，樣子很**奇怪**。

說明 樣子跟我看見過的帽子不同。

妹 ㄇㄟˋ

【妹妹】 詞性：名詞 ㄇㄟˋ ˙ㄇㄟ

造句 小明有一個哥哥，一個**妹妹**。

說明 小明家只有一個女孩，小明和哥哥都比她大。

姓[1] 詞性：名詞 ㄒㄧㄥˋ

造句 他叫李小明，李是他的**姓**。

說明 名字前的一個字是「姓」。

姓[2] 詞性：動詞 ㄒㄧㄥˋ

造句 你們**姓**什麼？——我**姓**李，他**姓**王。

說明
我家的姓是李，他家的姓是王。

【姓名】 詞性：名詞　ㄒㄧㄥˋ ㄇㄧㄥˊ

造句　在這裡寫上你的**姓名**。

說明
你姓什麼，你的名是什麼，在這裡寫上。

姊 ㄐㄧㄝˇ

【姊姊】 詞性：名詞　ㄐㄧㄝˇ ˙ㄐㄧㄝ

造句　她是我的**姊姊**，不是我的妹妹。

說明
我們都是父母的女兒，她的年齡比我大。

定[1-1] 詞性：動詞　ㄉㄧㄥˋ

造句　集合地點**定**在捷運東門站。

說明
集合地點在捷運東門站，不會改變。

定[1-2] 詞性：動詞　ㄉㄧㄥˋ

造句　爸爸在那家飯店**定**了一桌菜。

說明
已經跟飯店說好了，到時要準備一桌菜。

幸 ㄒㄧㄥˋ

【幸運】 詞性：形容詞　ㄒㄧㄥˋ ㄩㄣˋ

造句　我剛到家才下雨，真**幸運**。

說明
如果我沒到家就下雨，就倒楣了。

【幸虧】 詞性：副詞　ㄒㄧㄥˋ ㄎㄨㄟ

造句　我**幸虧**走得早，才趕上了公車。

說明
如果我走得晚，就趕不上公車了。

往

詞性 介詞 ㄨㄤˇ

造句 我看見他騎著腳踏車往前走。

說明 向著他面對的方向走。

【往往】 詞性 副詞 ㄨㄤˇ ㄨㄤˇ

造句 小敏往往帶著午飯在學校吃。

說明 小敏很多時候都是帶著午飯在學校吃的。

忽 ㄏㄨ

【忽然】 詞性 副詞 ㄏㄨ ㄖㄢˊ

造句 剛才還有太陽，忽然下起雨來。

說明 雨下得很快，大家都沒有準備。

怕

詞性 動詞 ㄆㄚˋ

造句 小明有點怕他父親。

說明 小明不敢不聽父親的話。

或 ㄏㄨㄛˋ

【或者】 詞性 連詞 ㄏㄨㄛˋ ㄓㄜˇ

造句 小敏去，或者小明去都行。

說明 誰去？小敏去行，小明去也行，但是只有一個人去。

房 ㄈㄤˊ

【房子】 詞性 名詞 ㄈㄤˊ ˙ㄗ

造句 哥哥準備買一間自己的房子。

說明 讓自己在裡面住的地方。

【房間】 詞性 名詞 ㄈㄤˊ ㄐㄧㄢ

造句 我家有五個**房間**。

說明 有五個讓我們休息的地方。

所[1-1]

詞性 量詞 ㄙㄨㄛˇ

造句 我唸過這**所**幼稚園。

說明 用在「幼稚園」前面。

所[1-2]

詞性 量詞 ㄙㄨㄛˇ

造句 爺爺住進了那**所**醫院。

說明 用在「醫院」前面。

【所以】

詞性 連詞 ㄙㄨㄛˇ ㄧˇ

造句 這首歌很好聽，**所以**我愛唱。

說明 我愛唱這首歌，因爲這首歌很好聽。

【所有】

詞性 限定詞 ㄙㄨㄛˇ ㄧㄡˇ

造句 **所有**參加的人都不許遲到。

說明 參加比賽的任何人都不能遲到。

【所有的】

詞性 限定詞 ㄙㄨㄛˇ ㄧㄡˇ ˙ㄉㄜ

造句 他把**所有的**書都送給同學。

說明 他把全部的書都送給同學。

承 ㄔㄥˊ

【承認】

詞性 動詞 ㄔㄥˊ ㄖㄣˋ

造句 起初他不**承認**拿了我的筆。

說明 起初他說沒拿我的筆，後來說拿了。

拉

詞性 動詞 ㄌㄚ

造句 他**拉**住我，想讓我跟他一起走。

說明 他伸手抓著我，使我靠近他。

【拉開】 詞性 動詞 ㄌㄚ ㄎㄞ

造句 我**拉開**抽屜找我的筆。

說明 我抓著抽屜的握把，使它打開。

拔 ㄅㄚˊ

【拔牙】 詞性 動詞 ㄅㄚˊ ㄧㄚˊ

造句 醫生幫我**拔**了一顆壞**牙**。

說明 我的一顆牙壞了，醫生使勁取下來。

抽 詞性 動詞 ㄔㄡ

造句 她從許多照片裡**抽**出了一張。

說明 她從許多照片中拿出了一張來。

【抽菸】 詞性 動詞 ㄔㄡ ㄧㄢ

造句 媽媽不讓爸爸在家裡**抽菸**。

說明 吸香菸。

拍 詞性 動詞 ㄆㄞ

造句 弟弟在**拍**球。

說明 用手輕輕打球。

抱 詞性 動詞 ㄅㄠˋ

造句 小弟弟伸手要媽媽**抱**。

說明 要媽媽兩手圍著他。

【抱怨】 詞性 動詞 ㄅㄠˋ ㄩㄢˋ

造句 他**抱怨**我太晚告訴他了。

說明 我很晚才告訴他，他說他不高興。

【抱歉】 詞性｜動詞 ㄅㄠˋ ㄑㄧㄢˋ

造句 **抱歉**，你等我好久了吧。

說明 對不起。

拆 ㄔㄞ

【拆開】 詞性｜動詞 ㄔㄞ ㄎㄞ

造句 這是給爸爸的信，不能**拆開**。

說明 把信拆開，就是把信從信封裡拿出來。

抬 1-1

詞性｜動詞 ㄊㄞˊ

造句 大家先**抬**左腳，再**抬**右腳。

說明 把腳提起來，讓腳不碰到地面。

抬 1-2

詞性｜動詞 ㄊㄞˊ

造句 這張桌子太重，我們兩個人一起**抬**。

說明 我們兩個人用手讓桌子離開地面。

放 1-1

詞性｜動詞 ㄈㄤˋ

造句 這裡**放**桌子，那裡**放**椅子。

說明 使得桌子在這裡，椅子在那裡。

放 1-2

詞性｜動詞 ㄈㄤˋ

造句 這杯可樂**放**了冰塊，很好喝。

說明 可樂裡面加了冰塊。

放 1-3

詞性｜動詞 ㄈㄤˋ

造句 牛奶不能**放**太長時間。

說明 長時間不喝，牛奶會壞掉。

【放大】詞性 動詞 ㄈㄤˋ ㄉㄚˋ

造句 這張照片很漂亮，**放大**一張吧。

說明 讓這張照片變得更大一些。

【放心】詞性 動詞 ㄈㄤˋ ㄒㄧㄣ

造句 妹妹病好了，我**放心**了。

說明 我不用擔心了。

【放假】詞性 動詞 ㄈㄤˋ ㄐㄧㄚˋ

造句 明天是雙十節，學校**放假**一天。

說明 同學們不用上學。

於 ㄩˊ

【於是】詞性 連詞 ㄩˊ ㄕˋ

造句 房間裡很熱，**於是**我開了冷氣。

說明 我爲什麼開冷氣呢？——房間裡很熱。

明 ㄇㄧㄥˊ

【明天】詞性 名詞 ㄇㄧㄥˊ ㄊㄧㄢ

造句 今天是星期一，**明天**是星期二。

說明 今天過完了就是明天。

【明白】詞性 動詞 ㄇㄧㄥˊ ㄅㄞˊ

造句 老師說的話我**明白**了。

說明 老師說的話我懂了，我知道說的是什麼了。

【明年】詞性 名詞 ㄇㄧㄥˊ ㄋㄧㄢˊ

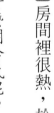

造句 我今年九歲，**明年**就十歲了。

說明 今年過完了就是明年。

朋 ㄆㄥˊ

【朋友】 詞性 名詞 ㄆㄥˊ ㄧㄡˇ

造句 我和小明是好**朋友**。

說明 我們很要好，經常在一起。

東 詞性 名詞 ㄉㄨㄥ

造句 汽車往**東**開走了。

說明 朝著太陽升起來的方向開走了。

【東西】 詞性 名詞 ㄉㄨㄥ ˙ㄒㄧ

造句 桌子上的**東西**是小明的。

說明 你能在桌子上看到的：紙、筆、書等。

【東面】 詞性 名詞 ㄉㄨㄥ ㄇㄧㄢˋ

造句 我們家的陽臺在**東面**。

說明 在朝太陽的地方。

杯 詞性 量詞 ㄅㄟ

造句 奶奶每天早上喝三**杯**茶。

說明 三個杯子那麼多的茶。

【杯子】 詞性 名詞 ㄅㄟ ˙ㄗ

造句 我想喝水，請給我一個**杯子**。

說明 用來喝水的。

注 ㄓㄨˋ

【注意】 詞性 動詞 ㄓㄨˋ ㄧˋ

造句 過馬路要注意安全。

說明 過馬路時要小心點，安全很重要。

泥 詞性 名詞 ㄋㄧˊ

造句 下雨了，到處都是泥。

說明 雨水和土在一起就成了「泥」。

油 詞性 名詞 ㄧㄡˊ

造句 哥哥炒雞蛋喜歡放很多油。

說明 用來炒菜、炒雞蛋，黃黃的像水的東西，這樣菜、雞蛋才香，才好吃。

治 詞性 動詞 ㄓˋ

造句 醫生把奶奶的病治好了。

說明 醫生給奶奶打針、吃藥，結果奶奶的病好了。

炒 詞性 動詞 ㄔㄠˇ

造句 我會炒番茄雞蛋。

說明 把番茄和雞蛋在鍋裡翻幾下，這樣就熟了。

爭 詞性 動詞 ㄓㄥ

造句 你是哥哥，不要跟弟弟爭玩具。

說明 哥哥和弟弟都拿著一個玩具，想自己多玩一會兒。

爸 ㄅㄚˋ

【爸爸】 詞性 名詞 ㄅㄚˋ ˙ㄅㄚ

造句 爸爸，幫我做功課好嗎？

說明 對著父親說話，用「爸爸」。

狗

詞性 名詞 ㄍㄡˇ

造句 我家有一隻小白**狗**。

說明 家裡養的、有四條腿，見人會「汪汪」叫的小動物。

玩

詞性 動詞 ㄨㄢˊ

造句 放學後，大家在操場上**玩**。

說明 大家很高興地在操場上又跑又跳，又說又笑的。

的[1-1]

詞性 助詞 ˙ㄉㄜ

造句 這是我**的**腳踏車。

說明 我有一輛腳踏車，就是這輛。

的[1-2]

詞性 助詞 ˙ㄉㄜ

造句 這輛腳踏車是他**的**，不是我**的**。

說明 他有這樣一輛腳踏車，我沒有。「的」的前面只能用「我、你、他、她」或人的名字，像「小明的」。

直

詞性 形容詞 ㄓˊ

造句 和平路從東到西很**直**。

說明 和平路沒有一點彎。

【直到】 詞性 介詞 ㄓˊ ㄉㄠˋ

造句 我**直到**今天上午才找到小敏。

說明 我找了小敏好幾天，到今天才找到。

知

ㄓ

【知道】 詞性｜動詞 ㄓ ㄉㄠˋ

造句 誰知道小明去哪裡了？

說明 小明去哪裡了，誰能告訴我？

空[1-1] 詞性｜形容詞 ㄎㄨㄥ

造句 我的書包剛洗乾淨，是空的。

說明 書包裡面沒有東西，我還沒有把書放進去。

空[1-2] 詞性｜形容詞 ㄎㄨㄥ

造句 早上六點鐘，公車上很少人坐，很空。

說明 時間很早，公車裡人很少。

空[1-3] 詞性｜形容詞 ㄎㄨㄥ

造句 我家在臺南的房子一直空著。

說明 一直沒人住。

空 詞性｜動詞 ㄎㄨㄥˋ

造句 第一行別寫字，空一行再寫。

說明 第一行別寫字，讓它什麼也沒有，然後從第二行開始寫。

【沒空】 詞性｜動詞 ㄇㄟˊ ㄎㄨㄥˋ

造句 姊姊太忙了，沒空去看電影。

說明 沒有時間。

【有空】 詞性｜動詞 ㄧㄡˇ ㄎㄨㄥˋ

造句 今天晚上我有空，可以去看你。

說明 有時間。

【空出來】 詞性｜動詞 ㄎㄨㄥˋ ㄔㄨ ㄌㄞˊ

造句　我把桌子空出來給你用。

說明　我把桌子上的東西全拿走。

肥

詞性　形容詞　ㄈㄟˊ

造句　豬肉太**肥**，我不想吃。

說明　豬肉裡面白色的那些肉叫肥肉，不好吃。

花[1]

詞性　名詞　ㄏㄨㄚ

造句　這幾朵**花**，你喜歡哪一朵？

說明　一種植物，開的時候很香，很好看。

花[2-1]

詞性　動詞　ㄏㄨㄚ

造句　今天我**花**了三百元。

說明　我用了三百元買東西。

花[2-2]

詞性　動詞　ㄏㄨㄚ

造句　今天我**花**了一小時打掃房間。

說明　我用了一小時打掃房間。

【花光】

詞性　動詞　ㄏㄨㄚ　ㄍㄨㄤ

造句　我的三百元**花光**了。

說明　用得一點錢也沒有了。

【花園】

詞性　名詞　ㄏㄨㄚ　ㄩㄢˊ

造句　爺爺家後面有一個小**花園**。

說明　一個種著很多花的地方。

表

ㄅㄧㄠˇ

【表示】

詞性　動詞　ㄅㄧㄠˇ　ㄕˋ

造句　紅燈**表示**我們不能過馬路。

說明　紅燈亮了，是說我們不能過馬路。

【表演】　詞性：動詞　ㄅㄧㄠˇ ㄧㄢˇ

造句　班上每個同學都輪流**表演**。

說明　表演就是唱歌，跳舞，讓大家高興。

近

詞性：形容詞　ㄐㄧㄣˋ

造句　學校很**近**，走五分鐘就到。

說明　學校在我們不遠的地方。

【離…近】　詞性：動詞　ㄌㄧˊ…ㄐㄧㄣˋ

造句　我**離**小明很**近**，聽見他在說話。

說明　我在這裡，小明在那裡，在我不遠的地方。

【近來】　詞性：名詞　ㄐㄧㄣˋ ㄌㄞˊ

造句　**近來**大家都在談那部新電影。

說明　從這幾天到現在這段時間。

長

詞性：動詞　ㄓㄤˇ

造句　那棵小樹**長**得很快。

說明　去年才種的樹今年不再是小樹了。

【長大】　詞性：動詞　ㄓㄤˇ ㄉㄚˋ

造句　我家的小狗**長大**了，非常可愛。

說明　個子變大了。

【長胖】　詞性：動詞　ㄓㄤˇ ㄆㄤˋ

造句　弟弟**長胖**了，有四十公斤了。

說明　弟弟的身體胖起來了。

【長高】 詞性：動詞 ㄓㄤˇ ㄍㄠ

造句：妹妹比去年**長高**不少。

說明：妹妹的個子變高了許多。

長[1]

詞性：名詞 ㄔㄤˊ

造句：這張桌子有兩百公分**長**。

說明：這張桌子的長度是兩百公分。

長[2]

詞性：形容詞 ㄔㄤˊ

造句：這條褲子太**長**了，給哥哥穿才合適。

說明：我穿長度一百公分的褲子，這條褲子有一百二十公分。

門[1-1]

詞性：名詞 ㄇㄣˊ

造句：我家廚房的**門**壞了，關不上。

說明：讓人進廚房和讓人從廚房出來的用木頭做的東西。

門[1-2]

詞性：名詞 ㄇㄣˊ

造句：我們的教室有兩個**門**。

說明：有兩個可以進教室和從教室出去的地方。

【門口】 詞性：名詞 ㄇㄣˊ ㄎㄡˇ

造句：我在學校的**門口**等你。

說明：我在學校進門的地方等你。

附 ㄈㄨˋ

【附近】 詞性：名詞 ㄈㄨˋ ㄐㄧㄣˋ

造句：我住在學校**附近**，上學很方便。

說明
離學校很近。

雨

詞性：名詞　ㄩˇ

造句　天色突然暗下來，然後就開始下**雨**。

說明
「雨」是從天空下來的水。天色暗了，烏雲多了，就會下雨。

【雨傘】

詞性：名詞　ㄩˇ ㄙㄢˇ

造句　外面雨很大，你拿著**雨傘**去吧。

說明
下雨的時候可以張開擋雨，沒有雨的時候可以收起來。

亮[1-1]

詞性：動詞　ㄌㄧㄤˋ

造句　我們這裡早上五點天就**亮**了。

說明
早上五點就可以看得清楚了。

亮[1-2]

詞性：動詞　ㄌㄧㄤˋ

造句　晚上七點街上的路燈就**亮**了。

說明
電燈亮了，大家就能看得清楚了。

亮[2]

詞性：形容詞　ㄌㄧㄤˋ

造句　現在天還很**亮**，不用開電燈。

說明
還能看得清楚。

信 ㄒㄧㄣˋ

詞性 名詞

造句 我正在給叔叔寫**信**。

說明 我正在把這裡的情況寫下來，寄給叔叔。

【信封】 ㄒㄧㄣˋ ㄈㄥ

詞性 名詞

造句 我把寫好的信放進**信封**裡。

說明 「信封」是一個放信的紙袋，寫上姓名和地址，貼上郵票就可以寄出。

便 ㄅㄧㄢˋ

【便利商店】 ㄅㄧㄢˋ ㄌㄧˋ ㄕㄤ ㄉㄧㄢˋ

詞性 名詞

造句 我在附近的**便利商店**買熱牛奶。

說明 整天開門的小商店，裡面賣吃的、用的。

【便當】 ㄅㄧㄢˋ ㄉㄤ

詞性 名詞

造句 我午餐吃了一個壽司**便當**。

說明 盒子裡有各種壽司，當午餐吃。

便 ㄆㄧㄢˊ

【便宜】 ㄆㄧㄢˊ ˙ㄧ

詞性 形容詞

造句 買蘋果，這裡**便宜**，那裡貴。

說明 這裡便宜，一百元有四個，那裡貴，只有三個。「便宜」就是你可以少給錢。

保 ㄅㄠˇ

【保姆】 ㄅㄠˇ ㄇㄨˇ

詞性 名詞

造句 他家生了小孩，請了一個**保姆**。

說明 請了個看小孩的人。

【保持安靜】 詞性 動詞 ㄅㄠˇ ㄔˊ ㄢ ㄐㄧㄥˋ

造句 上課時，大家要**保持安靜**。

說明 不要說話，等下課才說。

【保持清潔】 詞性 動詞 ㄅㄠˇ ㄔˊ ㄑㄧㄥ ㄐㄧㄝˊ

造句 走道要**保持清潔**，不亂扔垃圾。

說明 大家要做到走道什麼時候都是清潔的。

【保證】 詞性 動詞 ㄅㄠˇ ㄓㄥˋ

造句 我向老師**保證**以後不再遲到。

說明 我對老師說以後一定不再遲到。

【保護】 詞性 動詞 ㄅㄠˇ ㄏㄨˋ

造句 我們從小就要**保護**眼睛。

說明 不讓眼睛受到損害。

前 詞性 名詞 ㄑㄧㄢˊ

造句 你一直往**前**走，就到我的學校了。

說明 往你面對的方向走。

【前天】 詞性 名詞 ㄑㄧㄢˊ ㄊㄧㄢ

造句 **前天**七號，今天九號，沒錯呀。

說明 比今天早兩天。

【前年】 詞性 名詞 ㄑㄧㄢˊ ㄋㄧㄢˊ

造句 今年是二〇一四年，我**前年**去了臺北。

說明 我在二〇一二年去了臺北。

【前面】 詞性：名詞 ㄑㄧㄢˊ ㄇㄧㄢˋ

造句：超市前面停滿了汽車。

說明：超市大門口不遠的地方。

【前邊】 詞性：名詞 ㄑㄧㄢˊ ㄅㄧㄢ

造句：小敏坐在前邊，我坐在後邊。

說明：從我坐的地方可以看見小敏，小敏看不見我。

南

詞性：名詞 ㄋㄢˊ

造句：臺北火車站往南是臺大醫院。

說明：臺北火車站在北，臺大醫院在南。

卻

詞性：副詞 ㄑㄩㄝˋ

造句：我來了，他卻走了。

說明：我到這裡來了，希望跟他見面，但是他走了，我們就見不了面。

厚

詞性：形容詞 ㄏㄡˋ

造句：那本書有五百頁，眞厚。

說明：這本書才一百頁，一點都不厚。

咬

詞性：動詞 ㄧㄠˇ

造句：他咬了一口蘋果，說很好吃。

說明：把蘋果放在嘴裡，用牙齒弄出一塊嚐嚐。

哎 ㄞ

1-1 【哎呀】 詞性：感嘆詞 ㄞ ㄧㄚ

造句：哎呀！你別說了。

你說的話我不想聽，別再說了（表示厭煩）。

【哎呀】1-2 詞性：感嘆詞 ㄞ ㄧㄚ

造句 **哎呀**！我要遲到了。

說明 我要遲到了，眞糟糕。

【哎喲】 詞性：感嘆詞 ㄞ ㄧㄠ

造句 **哎喲**！我的牙眞痛。

說明 痛的時候，我們會說「哎喲」。

咳 ㄎㄜˊ

【咳嗽】 詞性：動詞 ㄎㄜˊ ㄙㄡˋ

造句 我今天感冒，有點**咳嗽**。

感冒了，嘴巴就會發出聲音，表示不舒服。

孩 ㄏㄞˊ

【孩子】1-1 詞性：名詞 ㄏㄞˊ ˙ㄗ

造句 這些**孩子**都是小學生。

說明 年齡在七、八歲以下的，大人叫他們做「孩子」。

【孩子】1-2 詞性：名詞 ㄏㄞˊ ˙ㄗ

造句 李老師有兩個**孩子**。

說明 父母的兒子或者女兒。

封 ㄈㄥ

詞性：量詞

造句 我生日的時候，收到五**封**信。

說明 用在「信」的前面。

度

詞性 名詞 ㄉㄨˋ

造句 今天的氣溫二十五**度**，很舒服。

說明 「度」用來表示氣溫的高低。氣溫低，十度以下，人們會感覺冷。氣溫高，三十度以上，人們會感覺熱。

很

詞性 副詞 ㄏㄣˇ

造句 今天氣溫三十五度，**很**熱。

說明 氣溫二十度，不熱。氣溫三十度，熱。氣溫三十五度，很熱。

後

詞性 名詞 ㄏㄡˋ

造句 我們該往前走，還是往**後**走？

說明 「前」我們面對的方向，「後」我們背對的方向。

【後天】

詞性 名詞 ㄏㄡˋ ㄊㄧㄢ

造句 今天是星期四，我們**後天**去吧。

說明 隔兩天，就是說星期六去。

【後來】

詞性 名詞 ㄏㄡˋ ㄌㄞˊ

造句 以前我常常去，**後來**就不去了。

說明 去了一段時間以後就不去了。

【後面】

詞性 名詞 ㄏㄡˋ ㄇㄧㄢˋ

造句 我們學到第三課，**後面**還沒學。

說明 第三課往後，就是說第四課、第五課，我們還沒學。

【後邊】

詞性 名詞 ㄏㄡˋ ㄅㄧㄢ

造句 我坐第五排，小明坐我後邊。

說明 小明坐在第六排或第七排。

急 ㄐㄧˊ

詞性 形容詞

造句 他找錯地方了，心裡**急**得很。

說明 心裡很擔心，不知道怎樣才能找到應該去的地方。

【急忙】 ㄐㄧˊ ㄇㄤˊ 詞性 副詞

造句 我聽見有人敲門，**急忙**去開門。

說明 馬上去開門。

【急著】 ㄐㄧˊ ˙ㄓㄜ 詞性 副詞

造句 他**急著**要走，因爲可能會遲到。

說明 他擔心會遲到，所以心裡不安，馬上要走。

【別急】 ㄅㄧㄝˊ ㄐㄧˊ 詞性 習用語

造句 **別急**，等一會兒走也來得及。

說明 用來告訴人家別擔心。

怎 ㄗㄣˇ

1-1 【怎麼】 ㄗㄣˇ ˙ㄇㄜ 詞性 代詞

造句 小明**怎麼**還不回來？

說明 現在很晚了，小明爲什麼還不回來？

1-2 【怎麼】 ㄗㄣˇ ˙ㄇㄜ 詞性 代詞

造句 腳踏車你是**怎麼**修好的？

說明 你是用什麼方法修好的？

1-3 【怎麼】 ㄗㄣˇ ˙ㄇㄜ 詞性 代詞

造句　媽媽生病了，我**怎麼**不著急？

說明　我當然著急了。這是反問句，表示我不著急是不可能的。

【不怎麼】　詞性　代詞　ㄅㄨˋ ㄗㄣˇ ˙ㄇㄜ

造句　這首歌我剛學，還**不怎麼**會唱。

說明　我還不太會唱。

【怎麼了】　詞性　動詞　ㄗㄣˇ ˙ㄇㄜ ˙ㄌㄜ

造句　你今天好像不太高興，**怎麼了**？

說明　有什麼事情使你不高興？

1-1【怎麼樣】　詞性　代詞　ㄗㄣˇ ˙ㄇㄜ ㄧㄤˋ

造句　你近來身體**怎麼樣**？

說明　身體好不好？

1-2【怎麼樣】　詞性　代詞　ㄗㄣˇ ˙ㄇㄜ ㄧㄤˋ

造句　我們一起去游泳，**怎麼樣**？

說明　好嗎？你同意嗎？

【怎麼辦】　詞性　感嘆詞　ㄗㄣˇ ˙ㄇㄜ ㄅㄢˋ

造句　出了門才想起沒帶錢，**怎麼辦**？

說明　真糟糕！

【怎樣】　詞性　代詞　ㄗㄣˇ ㄧㄤˋ

造句　我會做蛋糕，我教你**怎樣**做吧。

說明　我教你做蛋糕的方法吧。

拜

詞性　動詞　ㄅㄞˋ

造句　在臺灣，許多人**拜**媽祖。

把她看作神，求她保護。

【拜年】 詞性：動詞 ㄅㄞˋ ㄋㄧㄢˊ

造句：大年初一，我們去爺爺家**拜年**。

說明：祝願他健康快樂。

按 詞性：動詞 ㄢˋ

造句：你得先**按**一下電腦的開關。

說明：用手指壓，打開開關。

指 詞性：動詞 ㄓˇ

造句：用手指**指**人，是不禮貌的。

說明：用手指對著別人。

【指出】 詞性：動詞 ㄓˇ ㄔㄨ

造句：請在地圖上**指出**宜蘭在哪裡。

說明：用手指讓我們清楚地知道宜蘭在哪裡。

挑 詞性：動詞 ㄊㄧㄠ

造句：姊姊幫我**挑**了一個新書包。

說明：從很多書包裡面拿一個我們最滿意的書包。

故 ㄍㄨˋ

【故事】 詞性：名詞 ㄍㄨˋ ˙ㄕ

造句：小孩最愛聽媽媽講**故事**。

說明：聽媽媽講有趣的事情。

【故意】 詞性：副詞 ㄍㄨˋ ㄧˋ

造句：我**故意**不接他的電話。

說明 電話響了，我知道是他打的電話，我就是不接。

既 ㄐㄧˋ

【既然】 詞性 連詞 ㄐㄧˋ ㄖㄢˊ

造句 你**既然**想買這條裙子，買吧。

說明 你想買這條裙子，那麼就買吧。

春 ㄔㄨㄣ

【春天】 詞性 名詞 ㄔㄨㄣ ㄊㄧㄢ

造句 **春天**不冷不熱，比夏天好多了。

說明 冬天過後是春天，在夏天的前面。

是[1-1] 詞性 動詞 ㄕˋ

造句 他**是**我爸爸。

說明 我叫他爸爸。

是[1-2] 詞性 動詞 ㄕˋ

造句 臺北最冷的時候**是**一月。

說明 臺北最冷的時候由「是」來說明。

是[1-3] 詞性 動詞 ㄕˋ

造句 星期日，商店裡全**是**人。

說明 商店裡有很多來買東西的人。

【是…的】 詞性 動詞 ㄕˋ … ˙ㄉㄜ

造句 我新買的書包**是**藍色**的**。

說明 表示是藍色，不是任何別的顏色。

【是…還是】 詞性 動詞 ㄕˋ … ㄏㄞˊ ㄕˋ

說明　小敏和小明究竟哪一個想去？

昨 ㄗㄨㄛˊ

【昨天】 詞性：名詞 ㄗㄨㄛˊ ㄊㄧㄢ

造句　今天是星期二，**昨**天是星期一。

說明　今天之前的那一天是星期一。

查 ㄔㄚˊ

詞性：動詞

造句　看到不懂的字，你先去**查**字典。

說明　看看字典裡怎麼說。

柳 ㄌㄧㄡˇ

【柳丁】 詞性：名詞 ㄌㄧㄡˇ ㄉㄧㄥ

造句　這裡的**柳**丁很甜。

說明　一種水果，圓圓的、甜甜的，要去皮才能吃。

段[1-1] ㄉㄨㄢˋ

詞性：量詞

造句　前面那一**段**路塞車。

說明　用在「路」的前面。

段[1-2] ㄉㄨㄢˋ

詞性：量詞

造句　這**段**時間爸爸一直很忙。

說明　用在「時間」的前面。

段[2] ㄉㄨㄢˋ

詞性：名詞

造句　你唸唸課文的第一**段**。

說明　課文開頭的文字。

流 ㄌㄧㄡˊ

【流汗】 詞性｜動詞 ㄌㄧㄡˊ ㄏㄢˋ

造句 天氣太熱，我**流**了不少**汗**。

說明 很多汗從我的身體出來了。「流」跟像水的東西一起用。

【流血】 詞性｜動詞 ㄌㄧㄡˊ ㄒㄧㄝˇ

造句 小明摔倒，膝蓋**流血**了。

說明 血從小明的膝蓋出來了。「流」跟像水的東西一起用。

洞

詞性｜名詞 ㄉㄨㄥˋ

造句 我的襪子上有一個**洞**。

說明 有一個破的地方。

洗

詞性｜動詞 ㄒㄧˇ

造句 吃飯之前要先洗手。

說明 要用水把手弄乾淨。

【洗澡】 詞性｜動詞 ㄒㄧˇ ㄗㄠˇ

造句 小敏很愛乾淨，每天都**洗澡**。

說明 每天都用水把身體弄乾淨。

活

詞性｜動詞 ㄏㄨㄛˊ

造句 媽媽買回來的魚還**活**著。

說明 魚還會動。

派

詞性｜動詞 ㄆㄞˋ

造句 老師**派**兩個同學去拿新課本。

說明 老師決定讓兩個同學去。

爲

ㄨㄟˋ

【爲了】 詞性 介詞 ㄨㄟˋ ˙ㄌㄜ

造句 爲了能早睡，他沒有去看電影。

說明 他想早睡，所以沒有去看電影。

【爲什麼】 詞性 疑問詞 ㄨㄟˋ ㄕㄣˊ ˙ㄇㄜ

造句 小敏今天爲什麼這麼高興啊？

說明 什麼事情讓小敏這麼高興？

玻 ㄅㄛ

【玻璃】 詞性 名詞 ㄅㄛ ˙ㄌㄧ

造句 窗子上的玻璃碎了，雨飄進來了。

說明 窗子上的一層東西，擋風又擋雨。

省 ㄕㄥˇ

【省時間】 詞性 動詞 ㄕㄥˇ ㄕˊ ㄐㄧㄢ

造句 坐捷運快，省時間。

說明 不用花那麼多時間。

【省錢】 詞性 動詞 ㄕㄥˇ ㄑㄧㄢˊ

造句 小敏很會省錢。

說明 儘量不花錢或者少花錢。

相 ㄒㄧㄤ

【相同】 詞性 形容詞 ㄒㄧㄤ ㄊㄨㄥˊ

造句 我們穿的裙子顏色相同。

說明 我的裙子是藍色，她的裙子也是藍色。

【相信】 詞性 動詞 ㄒㄧㄤ ㄒㄧㄣˋ

造句 我相信老師說的話。

說明　我認爲老師說的話是對的，是眞的。

看 1-1　詞性　動詞　ㄎㄢˋ

造句　爸爸在看報紙。

說明　爸爸安靜的讀報紙。

看 1-2　詞性　動詞　ㄎㄢˋ

造句　我很喜歡看這本書裡面的畫。

說明　我覺得這本書裡面的畫很好看。

看 1-3　詞性　動詞　ㄎㄢˋ

造句　奶奶病了，我們到醫院去看她。

說明　我們很關心奶奶，到醫院去問候她。

看 1-4　詞性　動詞　ㄎㄢˋ

造句　她家住得很遠，我看她不會來了。

說明　我想她不會來。

【你看】　詞性　習用語　ㄋㄧˇ ㄎㄢˋ

造句　你看，前面有一個公車站。

說明　讓人家注意你指的方向。

【看見】　詞性　動詞　ㄎㄢˋ ㄐㄧㄢˋ

造句　昨天我在商店看見小敏。

說明　昨天我去商店的時候發現小敏也在商店。

【看病】 1-1　詞性　動詞　ㄎㄢˋ ㄅㄧㄥˋ

造句　我頭很痛，得去醫院看病。

得去醫院找醫生，希望我的頭不再痛。

1-2

【看病】 詞性 動詞 ㄎㄢˋ ㄅㄧㄥˋ

造句 李醫生看好我的**病**。

說明 我病了，李醫生幫我看病，結果我沒病了，身體好了。

【看著】 詞性 動詞 ㄎㄢˋ ˙ㄓㄜ

造句 我**看著**媽媽做菜。

說明 媽媽做菜，我在旁邊注意她怎麼做。

【看電影】 詞性 動詞 ㄎㄢˋ ㄉㄧㄢˋ ㄧㄥˇ

造句 我們已經**看**過這部**電影**了。

說明 這部電影說的故事我們都知道了。

秒

詞性 名詞 ㄇㄧㄠˇ

造句 我跑一百公尺花了十四秒。

說明 一分鐘是六十秒。

秋

ㄑㄧㄡ

【秋天】 詞性 名詞 ㄑㄧㄡ ㄊㄧㄢ

造句 十月是臺北的**秋天**，天氣很好。

說明 「秋天」在熱的夏天和冷的冬天中間。

穿

詞性 動詞 ㄔㄨㄢ

造句 我覺得**穿**這件毛衣好看。

說明 把這件毛衣套在身上好看。

【穿過】 詞性 動詞 ㄔㄨㄢ ㄍㄨㄛˋ

造句 你們**穿過**這條馬路就到了。

說明 從馬路的這頭一直向另一頭走過去就到。

突 ㄊㄨˊ

【突然】 詞性 副詞 ㄊㄨˊ ㄖㄢˊ

造句 小敏**突然**不想去了。

說明 小敏本來想去的，沒想到她又不想去了。

紅 ㄏㄨㄥˊ

詞性 形容詞

造句 這個蘋果顏色真**紅**。

說明 「紅」像血的顏色。

約 ㄩㄝ

詞性 動詞

造句 下午去買衣服，我**約**了小敏。

說明 [illegible]服。

耐 ㄋㄞˋ

【耐心】 詞性 形容詞 ㄋㄞˋ ㄒㄧㄣ

造句 李老師教導我們的時候特別有**耐心**。

說明 我們不懂，李老師就說了一遍又一遍讓我們懂。

胖 ㄆㄤˋ

詞性 形容詞

造句 我的哥哥很**胖**，有一百公斤重。

說明 「胖」指身體重，「瘦」指身體不重。

背 ㄅㄟˋ

詞性 動詞

造句 我妹妹喜歡**背**著洋娃娃。

說明 把洋娃娃放在身體後面。

【背包】 詞性 名詞 ㄅㄟˋ ㄅㄠ

造句 我的**背包**太重了。

說明 放在背後的包。

背 詞性 名詞 ㄅㄟˋ

造句 新床睡得不舒服，我**背**痛。

說明 身體的前面是胸，後面是背。

【背心】 詞性 名詞 ㄅㄟˋ ㄒㄧㄣ

造句 天氣熱，我在家裡只穿**背心**。

說明 沒有袖子的內衣。

【背後】 詞性 名詞 ㄅㄟˋ ㄏㄡˋ

造句 我在他**背後**，看不到他的臉。

說明 他在我的前面，背對著我。

【背課文】 詞性 動詞 ㄅㄟˋ ㄎㄜˋ ㄨㄣˊ

造句 小敏**背課文**背得一字不漏。

說明 不看課文，把課文說出來。

苦 詞性 形容詞 ㄎㄨˇ

造句 這杯咖啡沒放糖，很**苦**。

說明 糖是甜的，喝咖啡放了糖，味道很好。沒放糖，味道很不好。

要[1-1] 詞性 助動詞 ㄧㄠˋ

造句 我今年夏天**要**學游泳。

說明 我下決心學游泳。

要[1-2] 詞性 助動詞 ㄧㄠˋ

造句 晚上你要早點回來。

說明 我希望你早點回來。

要[1-3]

詞性 助動詞 ㄧㄠˋ

造句 這件事她知道了要生氣的。

說明 她知道了可能會生氣。

要[1-4]

詞性 助動詞 ㄧㄠˋ

造句 我們的鄰居要搬走了。

說明 我們的鄰居這幾天就會搬走。

要[1-5]

詞性 助動詞 ㄧㄠˋ

造句 小敏的數學要比我好。

說明 我想小敏的數學大概比我好。

要[1-6]

詞性 助動詞 ㄧㄠˋ

造句 你要去，就跟爸爸說。

說明 如果你想去，就跟爸爸說。

要[2-1]

詞性 動詞 ㄧㄠˋ

造句 我要這幾支筆。

說明 我希望得到這幾支筆。

要[2-2]

詞性 動詞 ㄧㄠˋ

造句 我昨天向媽媽要了三百元。

說明 我讓媽媽給我三百元。

要[2-3]

詞性 動詞 ㄧㄠˋ

造句 老師要小明回答問題。

說明 老師叫小明回答問題。

1-1
【要不】 詞性 連詞 ㄧㄠˋ ㄅㄨˋ

造句 你們馬上走，**要不**遲到了。

說明 你們如果不馬上走，就會遲到。

1-2
【要不】 詞性 連詞 ㄧㄠˋ ㄅㄨˋ

造句 你去叫他吧，**要不**我去。

說明 或者你去叫他，或者我去。

【要是】 詞性 連詞 ㄧㄠˋ ㄕˋ

造句 **要是**爸爸不同意，我就不去了。

說明 如果爸爸不同意。

【要緊】 詞性 形容詞 ㄧㄠˋ ㄐㄧㄣˇ

造句 爺爺的病**要緊**嗎？

說明 爺爺的病很嚴重嗎？

1-1
【不要緊】 詞性 形容詞 ㄅㄨˊ ㄧㄠˋ ㄐㄧㄣˇ

造句 爺爺的病**不要緊**，很快就會好。

說明 爺爺的病不嚴重。

1-2
【不要緊】 詞性 形容詞 ㄅㄨˊ ㄧㄠˋ ㄐㄧㄣˇ

造句 你說吧，說錯了也**不要緊**。

說明 說錯了也沒什麼，大家不會說你不好。

重

詞性 名詞 ㄓㄨㄥˋ

造句 這些蘋果大概有兩公斤**重**。

說明 一個蘋果輕，好幾個蘋果就不輕，就「重」。

【重要】 詞性：形容詞 ㄓㄨㄥˋ ㄧㄠˋ

造句 這筆錢對我們很重要。

說明 我們不能沒有這筆錢。

重 ㄔㄨㄥˊ

【重新】 詞性：副詞 ㄔㄨㄥˊ ㄒㄧㄣ

造句 請你重新跟我們講。

說明 請你跟我們再講一遍。

面 詞性：量詞 ㄇㄧㄢˋ

造句 小敏書包裡放著一面小鏡子。

說明 用在「鏡子」的前面。

【面前】 詞性：名詞 ㄇㄧㄢˋ ㄑㄧㄢˊ

造句 小狗躺在我的面前。

說明 小狗在我對面躺著，離得很近。

音 ㄧㄣ

【音樂】 詞性：名詞 ㄧㄣ ㄩㄝˋ

造句 叔叔喜歡聽音樂。

說明 非常好聽的聲音。

頁[1] 詞性：量詞 ㄧㄝˋ

造句 他看了幾頁書，就睡著了。

說明 用在「書」的前面。

頁[2] 詞性：名詞 ㄧㄝˋ

造句 我們的課本有二百頁。

說明 我們的課本有二百張紙。

風 ㄈㄥ
名詞（詞性）

造句 外面的風很大，關上窗子吧。

說明 很強的空氣。

飛[1-1] ㄈㄟ
動詞（詞性）

造句 飛機飛得很高，看上去很小。

說明 向上在天空。

飛[1-2] ㄈㄟ
動詞（詞性）

造句 氣球飛起來了。

說明 向上去了。

【飛機】ㄈㄟ ㄐㄧ
名詞（詞性）

造句 爸爸坐的飛機很大。

說明 會在天空去別的地方的機器。

食 ㄕˊ

【食物】ㄕˊ ㄨˋ
名詞（詞性）

造句 旅行的時候，要帶夠食物和水。

說明 要帶夠吃的東西。

首 ㄕㄡˇ
量詞（詞性）

造句 我喜歡唱這首歌。

說明 用在「歌」的前面。

香 ㄒㄧㄤ
形容詞（詞性）

造句 這種花很香。

說明 非常好聞。

【香蕉】 詞性：名詞 ㄒㄧㄤ ㄐㄧㄠ

造句 我幫弟弟剝香蕉皮。

說明 一種水果，不是一個個，是一根根，又香又甜，得去皮才能吃。

十畫

乘 1-1

詞性：動詞 ㄔㄥˊ

造句 六乘五得三十。

說明 6×5＝30。

乘 1-2

詞性：動詞 ㄔㄥˊ

造句 我每天乘捷運上學。

說明 坐捷運上學。

【乘客】 詞性：名詞 ㄔㄥˊ ㄎㄜˋ

造句 八二七號公車上的乘客總是很多。

說明 坐八二七號公車的人總是很多。

倍

詞性：名詞 ㄅㄟˋ

造句 本校的學生今年增加了一倍。

說明 去年有一千個學生，今年有兩千個學生。

倆

詞性：數詞 ㄌㄧㄚˇ

造句 我們倆都姓李。

說明 表示兩個人。

值

ㄓˊ

【值得】 助動詞 ㄓˊ ˙ㄉㄜ

造句 哥哥說，這種電腦不貴，**值得**買。

說明 花的錢不多，但是買了一部很好用的電腦。

借[1-1]

詞性 動詞 ㄐㄧㄝˋ

造句 **借**了別人的東西要還。

說明 拿了別人的東西來用，用完了要還回給人家。

借[1-2]

詞性 動詞 ㄐㄧㄝˋ

造句 我想用她的鉛筆，可是她不**借**。

說明 可是她不讓我用她的鉛筆。

倒

詞性 動詞 ㄉㄠˇ

造句 當心！別讓桌子上的花瓶**倒**了。

說明 本來立著的花瓶躺在桌子上了。

倒

詞性 動詞 ㄉㄠˋ

造句 我很渴，姊姊**倒**了杯水給我。

說明 姊姊讓瓶子裡的水流出來，盛在杯子裡。

個[1-1]

詞性 量詞 ㄍㄜˋ

造句 你一**個**人去吧。

說明 用在「人」的前面。

個[1-2]

詞性 量詞 ㄍㄜˋ

造句 我要一**個**雞蛋，一**個**蘋果。

說明 用在表示東西的名詞的前面。

個 [1-3]

詞性：量詞　ㄍㄜˋ

造句 一**個**小時還不到呢。

說明 用在表示時間的名詞的前面。

【個子】

詞性：名詞　ㄍㄜˋ ˙ㄗ

造句 他們倆的**個子**一樣高。

說明 他們倆都是一百六十公分高。

個

詞性：量詞　˙ㄍㄜ

造句 這**個**商店眞大。

說明 用在表示地方的名詞的前面。

修　ㄒㄧㄡ

【修理】

詞性：動詞　ㄒㄧㄡ ㄌㄧˇ

造句 我的腳踏車壞了，你會修理嗎？

說明 我的腳踏車壞了，不能騎了，你能把它弄好，讓我又能騎嗎？

剛 [1-1]

詞性：副詞　ㄍㄤ

造句 哥哥**剛**從臺南回來。

說明 哥哥從臺南回來的時間不長。

剛 [1-2]

詞性：副詞　ㄍㄤ

造句 弟弟**剛**滿五歲，還不能進國小。

說明 弟弟只有五歲。

【剛…就】 [1-1]

詞性：關聯詞　ㄍㄤ…ㄐㄧㄡˋ

造句 我**剛**回家**就**接到他的電話。

說明 我回家一會兒，就接到他的電話。

【剛…就】 [1-2]

詞性：關聯詞　ㄍㄤ…ㄐㄧㄡˋ

造句　我剛打掃乾淨，你就弄髒了。

說明　我打掃乾淨一下子，你就弄髒了。

【剛才】　詞性　副詞　ㄍㄤ　ㄘㄞˊ

造句　剛才我還看見小敏了。

說明　幾分鐘以前我還看見她。

【剛好】　詞性　副詞　ㄍㄤ　ㄏㄠˇ

造句　小妹妹身高剛好一百公分。

說明　不多也不少。

剝　ㄅㄛ

【剝皮】　詞性　動詞　ㄅㄛ　ㄆㄧˊ

造句　吃香蕉要剝皮。

說明　香蕉上面有一層皮，去掉才能吃。

原　ㄩㄢˊ

【原來】　詞性　副詞　ㄩㄢˊ　ㄌㄞˊ

造句　我原來很瘦，現在胖起來了。

說明　我以前很瘦，現在開始長胖了。

【原來的】　詞性　形容詞　ㄩㄢˊ　ㄌㄞˊ　˙ㄉㄜ

造句　叔叔還住在原來的地方。

說明　他住的地方沒有變。

哥　ㄍㄜ

【哥哥】　詞性　名詞　ㄍㄜ　˙ㄍㄜ

造句　哥哥比我大三歲。

說明　我們倆都是父母的兒子，他的年齡比我大。

哭

詞性　動詞　ㄎㄨ

造句　家裡的狗死了，小明**哭**了。

說明　小明傷心地發出了聲音和流出了眼淚。

哪[1-1]

詞性　代詞　ㄋㄚˇ

造句　**哪**張照片上有你？

說明　是這張照片還是那張照片？這裡的「哪」用在疑問句。

哪[1-2]

詞性　代詞　ㄋㄚˇ

造句　你拿**哪**個蘋果都行。

說明　在這些蘋果當中，你可以拿任何一個。

哪[1-3]

詞性　代詞　ㄋㄚˇ

造句　**哪**天你願意，我陪你去。

說明　你願意的時候，我陪你去。

哪[1-4]

詞性　代詞　ㄋㄚˇ

造句　他們都去，我**哪**能不去呀！

說明　我一定要去。

【哪些】

詞性　代詞　ㄋㄚˇ ㄒㄧㄝ

造句　明天有**哪些**人去，請舉手。

說明　明天去的都有誰，請舉手。

【哪怕】

詞性　連詞　ㄋㄚˇ ㄆㄚˋ

造句　**哪怕**下雨，我也要去。

說明
就是下雨我也要去。

1-1
【哪裡】 詞性 代詞 ㄋㄚˇ ㄌㄧˇ

造句 你剛才去**哪裡**了？

說明
你剛才去什麼地方了？這裡的「哪裡」用在疑問句。

1-2
【哪裡】 詞性 代詞 ㄋㄚˇ ㄌㄧˇ

造句 **哪裡**好玩，我們就去吧。

說明
任何地方只要好玩，我們就去。

1-3
【哪裡】 詞性 代詞 ㄋㄚˇ ㄌㄧˇ

造句 我從小住在臺北，**哪裡**也沒去過。

說明
任何其他的地方我也沒去過。

1-
【哪裡】 詞性 代詞 ㄋㄚˇ ㄌㄧˇ

造句 我**哪裡**會說英文呀！

說明
我根本不會說英文。

夏 ㄒㄧㄚˋ

【夏天】 詞性 名詞 ㄒㄧㄚˋ ㄊㄧㄢ

造句 到了**夏天**，我們去墾丁游泳。

說明
一年當中最熱的一段時間。

害 ㄏㄞˋ

【害怕】 詞性 動詞 ㄏㄞˋ ㄆㄚˋ

造句 小時候，我**害怕**一個人待著。

說明
我很擔心，我覺得不安全。

家[1-1] ㄐㄧㄚ
詞性 名詞
造句 我家有三口人：父親、母親和我。
說明 表示家裡人。

家[1-2] ㄐㄧㄚ˙
詞性 名詞
造句 他家就在附近。
說明 表示家裡人住的房子。

容 ㄖㄨㄥˊ

【容易】[1-1] ㄖㄨㄥˊ ㄧˋ
詞性 形容詞
造句 這個算術題很容易。
說明 做起來一點也不難。

【容易】[1-2] ㄖㄨㄥˊ ㄧˋ
詞性 形容詞
造句 路太滑，容易摔倒。
說明 路太滑，不小心就會摔倒。

差[1] ㄔㄚ
詞性 動詞
造句 要買那本書，我還差三十元。
說明 那本書要二百元，我只有一百七十元，少三十元。

差[2] ㄔㄚ
詞性 形容詞
造句 他不愛學習，成績很差。
說明 成績很不好。

【差不多】[1] ㄔㄚ ˙ㄅㄨ ㄉㄨㄛ
詞性 形容詞
造句 我和小明的身高差不多。
說明 高矮幾乎是一樣的。

【差不多】 詞性 副詞 ㄔㄚˋ ˙ㄅㄨ ㄉㄨㄛ

造句 八點整，同學們差不多都到了。

說明 只有一兩個人沒到。

1-1

【差點兒】 詞性 副詞 ㄔㄚ ㄉㄧㄢˇ ㄦ

造句 我差點兒把書忘在教室裡。

說明 我把書忘在教室裡，但最後我發現了，結果拿回家了。

1-2

【差點兒】 詞性 副詞 ㄔㄚ ㄉㄧㄢˇ ㄦ

造句 數學測驗我差點兒就及格了。

說明 要是多答對一道題，我就及格了。

1-3

【差點兒】 詞性 副詞 ㄔㄚ ㄉㄧㄢˇ ㄦ

造句 數學測驗我差點兒不及格。

說明 數學測驗我得六十二分，差三分我就不及格了。

2

【差點兒】 詞性 形容詞 ㄔㄚ ㄉㄧㄢˇ ㄦ

造句 這種茶很好喝，那種茶差點兒。

說明 那種沒有這種好喝。

扇 ㄕㄢˋ

【扇子】 詞性 名詞 ㄕㄢˋ ˙ㄗ

造句 天氣太熱，爺爺不停地搖扇子。

說明 拿在手裡，不停地搖動使自己感覺不那麼熱的東西。

拿 詞性 動詞 ㄋㄚˊ

造句 小敏拿雨傘，我拿箱子。

說明 小敏手裡有雨傘，我手裡有箱子。

【拿出來】 詞性 動詞 ㄋㄚˊ ㄔㄨ ㄌㄞˊ

造句 小明把照片**拿出來**給我們看。

說明 從書包裡拿到書包外給我們看。

挨 ㄞ

【挨著】 詞性 動詞 ㄞ ˙ㄓㄜ

造句 我和小明的位子**挨著**。

說明 他的位子就在我的旁邊。

旁 詞性 名詞 ㄆㄤˊ

造句 汽車停在馬路的兩**旁**。

說明 汽車停在馬路的左右兩邊。

【旁邊】 詞性 名詞 ㄆㄤˊ ㄅㄧㄢ

造句 誰站在你的**旁邊**？

說明 站在你的左邊或右邊的人是誰？

旅 ㄌㄩˇ

【旅遊】 詞性 動詞 ㄌㄩˇ ㄧㄡˊ

造句 哥哥常常**旅遊**，去過很多地方。

說明 哥哥常常去別的地方看看，玩玩。

時 ㄕˊ

【時候】 詞性 名詞 ㄕˊ ㄏㄡˋ

造句 看書的**時候**別躺著。

說明 在看書這段時間內不要躺著。這裡是「動詞+的時候」的用法。

1【時間】 詞性 名詞 ㄕˊ ㄐㄧㄢ

造句 現在的**時間**是九點十分。

說明 表示幾點幾分的時間。

1-2【時間】 詞性 名詞 ㄕˊ ㄐㄧㄢ

造句 你每天寫作業要花多少**時間**？

說明 表示長或者短的一段時間，如一個小時、兩個小時。

曬

詞性 動詞 ㄕㄞˋ

造句 我在海邊**曬**了半天，臉變黑了。

說明 讓陽光照著自己。

【曬太陽】 詞性 動詞 ㄕㄞˋ ㄊㄞˋ ㄧㄤˊ

造句 暑假人們愛在海灘**曬太陽**。

說明 讓陽光長時間照著自己的身體。

書

詞性 名詞 ㄕㄨ

造句 我買了一本書，很便宜。

說明 我們的課本就是一本書，裡面有很多我們要學的東西。

【書包】 詞性 名詞 ㄕㄨ ㄅㄠ

造句 我的**書包**裡放了很多書，很重。

說明 用來放書的東西，同學們背著它到學校。

【書店】 詞性 名詞 ㄕㄨ ㄅㄧㄢˋ

造句 我們學校旁邊有一間**書店**。

說明 買書賣書的地方。

【書架】 詞性：名詞 ㄕㄨ ㄐㄧㄚˋ

造句 圖書館有很多**書架**，上面放滿了書。

說明 一個有好幾層的架子，用來放書的。

根 詞性：量詞 ㄍㄣ

造句 弟弟的一**根**筷子掉到地上了。

說明 用在「筷子」的前面。

【根本】 詞性：副詞 ㄍㄣ ㄅㄣˇ

造句 我**根本**不知道他住在臺南。

說明 我一點兒也不知道。

桌 ㄓㄨㄛ

【桌子】 詞性：名詞 ㄓㄨㄛ ˙ㄗ

造句 這張**桌子**是用來吃飯的。

說明 一種家具，有四條腿，可以用來吃飯，也可以用來看書。

浪 ㄌㄤˋ

【浪費】 詞性：動詞 ㄌㄤˋ ㄈㄟˋ

造句 香蕉別買太多，吃不完會**浪費**。

說明 想吃多少就買多少，不然就浪費了香蕉，也浪費買香蕉的錢。

海 詞性：名詞 ㄏㄞˇ

造句 我家住在基隆，離**海**很近。

說明 很多很多的水，人在上面可以坐船。

【海裡】 詞性：名詞 ㄏㄞˇ ㄌㄧˇ

造句 很多人在**海裡**游泳。

很多很多水當中。

【海邊】 詞性：名詞 ㄏㄞˇ ㄅㄧㄢ

造句 很多人在**海邊**晒太陽。

說明 很多很多水的邊上。

特 ㄊㄜˋ

【特別】 詞性：副詞 ㄊㄜˋ ㄅㄧㄝˊ

造句 路上很滑，你要**特別**小心。

說明 非常非常小心。

【特別是】 詞性：動詞 ㄊㄜˋ ㄅㄧㄝˊ ㄕˋ

造句 這幾天一直很熱，**特別是**昨天。

說明 昨天非常非常熱。

班 詞性：名詞 ㄅㄢ

造句 七號公車每十分鐘一**班**。

說明 每十分鐘有一輛開出。

班[1-2] 詞性：名詞 ㄅㄢ

造句 我們**班**上有三十個同學。

說明 一個班指在同一個教室上課的學生。

留 詞性：動詞 ㄌㄧㄡˊ

造句 我**留**了一塊蛋糕給你。

說明 我給你一塊蛋糕，讓你晚些時候吃。

病[1] 詞性：名詞 ㄅㄧㄥˋ

造句 你知道小敏得了什麼**病**嗎？

說明 爲什麼身體不舒服？

病[2]

詞性 動詞 ㄅㄧㄥˋ

造句 小敏著涼，**病**了。

說明 病了，就是身體不舒服。

【病人】 詞性 名詞 ㄅㄧㄥˋ ㄖㄣˊ

造句 **病人**需要安靜，別大聲說話。

說明 身體不舒服的人。

【病好】 詞性 動詞 ㄅㄧㄥˋ ㄏㄠˇ

造句 休息三天，小敏**病好**了。

說明 沒有病了，可以上學了。

【病房】 詞性 名詞 ㄅㄧㄥˋ ㄈㄤˊ

造句 爺爺進了醫院，住在加護**病房**裡。

說明 醫院裡給病人休息的房間。

【病假】 詞性 名詞 ㄅㄧㄥˋ ㄐㄧㄚˋ

造句 醫生給了姊姊兩天**病假**。

說明 病假，就是讓病人休息的一段時間。

【請病假】 詞性 動詞 ㄑㄧㄥˇ ㄅㄧㄥˋ ㄐㄧㄚˋ

造句 小明媽媽下午**請病假**，不上班。

說明 讓醫生給她病假，不用上班。

眞[1]

詞性 形容詞 ㄓㄣ

造句 這朵花是**眞**的，不是用紙做的。

說明 「眞」的花聞著香，用紙做的是假花，陪著大家。

眞[2]
詞性：副詞　ㄓㄣ

造句：你的手**眞**髒。

說明：你的手髒極了。

破[1-1]
詞性：動詞　ㄆㄛˋ

造句：我的手**破**了。

說明：我的手流血了。

破[1-2]
詞性：動詞　ㄆㄛˋ

造句：我的襪子**破**了一個洞。

說明：我的襪子有一個洞，不好穿了。

破[2]
詞性：形容詞　ㄆㄛˋ

造句：腳踏車騎了五年，太**破**了。

說明：現在腳踏車上壞的地方很多，不能騎了。

祝
詞性：動詞　ㄓㄨˋ

造句：**祝**媽媽生日快樂。

說明：我們希望媽媽生日的時候快樂。

祕　ㄇㄧˋ

【祕密】
詞性：名詞　ㄇㄧˋ　ㄇㄧˋ

造句：我們有一個**祕密**，不告訴你。

說明：有一件事情只有我們兩個人知道，而且我們不會告訴別人。

窄
詞性：形容詞　ㄓㄞˇ

造句：這條小巷眞**窄**，汽車進不去。

說明

一點也不寬，人可以走，汽車進不去。

站[1]　詞性　名詞　ㄓㄢˋ

造句　下一站是東門站。

說明　公車或捷運暫停的地方，讓人上車下車。

站[2]　詞性　動詞　ㄓㄢˋ

造句　弟弟太小，還不會站。

說明　兩腿還不能讓身體直起來，只能在地上爬。

笑　詞性　動詞　ㄒㄧㄠˋ

造句　聽了這個故事，我們都笑了。

說明　我們都發出聲音，表示很高興。

紙　詞性　名詞　ㄓˇ

造句　他給我一張紙，讓我寫下姓名。

說明　用來寫字、畫畫的東西。

缺　詞性　動詞　ㄑㄩㄝ

造句　我們班缺幾個會唱歌的。

說明　我們班是有幾個會唱歌的，但是不夠，所以沒法表演。

【缺點】　詞性　名詞　ㄑㄩㄝ ㄉㄧㄢˇ

造句　她很聰明，缺點是做什麼都慢。

說明　她不太好的地方是慢，讓人家等。

脆　詞性　形容詞　ㄘㄨㄟˋ

造句　這顆蘋果又脆又甜，真好吃。

這顆蘋果又甜又好咬，一咬就一塊。

胳 ㄍㄜ

【胳膊】 詞性 名詞 ㄍㄜ ˙ㄅㄛ

造句 我提著書包回家，**胳膊**有點累。

說明 我們用手拿東西，以上就叫「胳膊」。

能[1-1] 詞性 助動詞 ㄋㄥˊ

造句 八點以前我**能**回來。

說明 我可以回來。

能[1-2] 詞性 助動詞 ㄋㄥˊ

造句 小明很**能**吃，早飯吃了六個麵包。

說明 小明習慣吃很多東西。

【能夠】 詞性 助動詞 ㄋㄥˊ ㄍㄡˋ

造句 小敏感冒好了，**能夠**上學了。

說明 小敏可以上學了。

臭 詞性 形容詞 ㄔㄡˋ

造句 這個廁所沒人打掃，太**臭**了。

說明 裡面的氣味很難聞。

茶 詞性 名詞 ㄔㄚˊ

造句 爺爺、奶奶早上愛喝**茶**。

說明 烏龍茶是一種茶。

蚊 ㄨㄣˊ

【蚊子】 詞性 名詞 ㄨㄣˊ ˙ㄗ

造句 **蚊子**在我的手臂上咬了一下。

說明　一種小蟲，會飛，會咬人。

記

詞性：動詞　ㄐㄧˋ

造句　我用筆**記**下他說的地址。

說明　我用筆把他說的地址寫下來。

【記住】

詞性：動詞　ㄐㄧˋ ㄓㄨˋ

造句　你要**記住**老師的話。

說明　你別忘記老師的話，而且要常常想著。

【記性】

詞性：名詞　ㄐㄧˋ ㄒㄧㄥˋ

造句　她的**記性**很好，誰的生日都記得。

說明　「記性好」就是不容易忘記事情。

【記得】

詞性：動詞　ㄐㄧˋ ˙ㄉㄜ

造句　我**記得**她的樣子。

說明　我沒忘記她的樣子。

起

ㄑㄧˇ

【起床】

詞性：動詞　ㄑㄧˇ ㄔㄨㄤˊ

造句　我每天早上六點**起床**。

說明　從床上起來，表示不再睡覺了。

【起來】

詞性：動詞　ㄑㄧˇ ㄌㄞˊ

造句　你**起來**，讓他坐一會兒吧。

說明　別繼續坐著。

送[1-1]

詞性：動詞　ㄙㄨㄥˋ

造句　我**送**你一本書。

我給你這本書，你不用給我書錢。

送[1-2]
詞性 動詞 ㄙㄨㄥˋ
造句 郵差送信來了。
說明 正把信放到我家的信箱裡。

送[1-3]
詞性 動詞 ㄙㄨㄥˋ
造句 爸爸開車送我上學。
說明 爸爸開車帶我到學校，讓我在學校裡學習。

退
詞性 動詞 ㄊㄨㄟˋ
造句 請你往後退一點，讓我過去。
說明 往後走幾步。

逃 ㄊㄠˊ

【逃課】 詞性 動詞 ㄊㄠˊ ㄎㄜˋ
造句 老師勸他不要逃課。
說明 他不愛上學，所以常不去學校。

追
詞性 動詞 ㄓㄨㄟ
造句 他跑得比我快，我沒法追。
說明 我沒法跑到他前面。

針
詞性 名詞 ㄓㄣ
造句 我願意吃藥，最怕打針。
說明 打針的「針」是一根長長的、尖尖的東西，用來把藥水弄進你的身體。

陣[1]
詞性 量詞 ㄓㄣˋ
造句 放學的時候下了一陣雨。

說明 時間很短的雨。注意：只能說「一陣」。

陣[2]

詞性 補語 ㄓㄣˋ

造句 妹妹哭了一**陣**就不哭了。

說明 妹妹哭了很短時間。注意：只能說「一陣」。

除

詞性 動詞 ㄔㄨˊ

造句 十五**除**三得五。

說明 把十五分成三份，每一份是五。

【除…之外】

詞性 介詞 ㄔㄨˊ…ㄓ ㄨㄞˋ

造句 **除**小明家**之外**，我們的家都在臺北。

說明 小明家不在臺北。

【除夕】

詞性 名詞 ㄔㄨˊ ㄒㄧˋ

造句 過了**除夕**，新的一年就開始了。

說明 新年的前一天。

隻[1-1]

詞性 量詞 ㄓ

造句 他家養了兩**隻**貓。

說明 用在「貓、狗」前面。

隻[1-2]

詞性 量詞 ㄓ

造句 我的一**隻**手套不見了。

說明 用在「手套、鞋子」前面。

隻[1-3]

詞性 量詞 ㄓ

造句 我兩**隻**手都拿著東西。

用在「手、眼睛」前面。

馬
詞性：名詞　ㄇㄚˇ

造句　這匹馬跑得很快。

說明　一種大的動物，有四條腿，人可以騎在上面，能跑得很快。

【馬上】　詞性：副詞　ㄇㄚˇ ㄕㄤˋ

造句　你等一下，我馬上就來。

說明　我很快，幾分鐘之內就來。

骨
ㄍㄨˇ

【骨頭】　詞性：名詞　ㄍㄨˇ ˙ㄊㄡ

造句　狗愛吃骨頭。

說明　狗吃肉，更喜歡吃連著肉的硬硬的東

高 [1]
詞性：名詞　ㄍㄠ

造句　這個房間高三米，長五米。

說明　離地面三米。

高 [2-1]
詞性：形容詞　ㄍㄠ

造句　哥哥比爸爸高。

說明　哥哥身高一百八十公分，爸爸一百七十五公分。

高 [2-2]
詞性：形容詞　ㄍㄠ

造句　他發燒了，體溫很高。

說明　我們的體溫一般是三十七度以下，他的溫度是三十九度。

【高個子】　詞性：名詞　ㄍㄠ ㄍㄜˋ ˙ㄗ

造句 你是**高個子**，站到後面去。

說明 長得高的人。

【高興】 詞性 形容詞 ㄍㄠ ㄒㄧㄥˋ

造句 今天是小敏的生日，她很**高興**。

說明 小敏感到非常快樂。

十一畫

乾

詞性 形容詞 ㄍㄢ

造句 雨停了，地面**乾**了。

說明 地面不再溼了。

【乾的】 詞性 形容詞 ㄍㄢ ˙ㄉㄜ

造句 這麼**乾的**麵包，很難吃。

說明 乾的麵包，不再軟軟的，變硬硬的。

【乾淨】1-1 詞性 形容詞 ㄍㄢ ㄐㄧㄥˋ

造句 這件衣服剛洗過，很**乾淨**。

說明 衣服上面沒有髒東西。

【乾淨】1-2 詞性 形容詞 ㄍㄢ ㄐㄧㄥˋ

造句 菜吃得很**乾淨**，一點也沒剩。

說明 菜全吃光了，一點也沒有了。

【乾燥】 詞性 形容詞 ㄍㄢ ㄗㄠˋ

造句 最近天氣**乾燥**，應該多喝水。

說明 下雨很少，空氣中感到沒有水。

詞性 動詞 ㄊㄧㄥˊ

造句 車**停**了，大家下車吧。

說明 車不再往前走了。

停[1-2]

詞性 動詞 ㄊㄧㄥˊ

造句 這裡不能**停**腳踏車。

說明 這裡不能放腳踏車，不騎走。

停[1-3]

詞性 動詞 ㄊㄧㄥˊ

造句 捷運在這個站**停**三分鐘。

說明 捷運到了這個站以後，等三分鐘就開走。

假

詞性 形容詞 ㄐㄧㄚˇ

造句 這幾朵花是**假**的，是用布做的。

說明 不是眞的，它們不用澆水，也不會凋謝。

假

詞性 名詞 ㄐㄧㄚˋ

造句 爸爸下個月有**假**，可以陪媽媽。

說明 爸爸下個月有一段時間不用上班。

【放假】

詞性 動詞 ㄈㄤˋ ㄐㄧㄚˋ

造句 明天**放假**，我可以晚點起床。

說明 我明天不用上學，不用起得很早。

【請假】

詞性 動詞 ㄑㄧㄥˇ ㄐㄧㄚˋ

造句 老師感冒了，**請假**去看醫生。

說明 老師向學校說，希望有一段時間不上課，因爲感冒了。

【假期】 詞性：名詞 ㄐㄧㄚˋ ㄑㄧˊ

造句 **假期**有五天，我打算去看爺爺。

說明 我五天不用上學，在這段時間內我打算去看爺爺。

做[1-1]

詞性：動詞 ㄗㄨㄛˋ

造句 我要跟媽媽學**做**飯。

說明 可以說做飯、做菜、做湯、做蛋糕等。就是說，弄吃的東西。

做[1-2]

詞性：動詞 ㄗㄨㄛˋ

造句 姊姊會自己**做**裙子。

說明 可以說做襯衫、做褲子、做衣服等。

做[1-3]

詞性：動詞 ㄗㄨㄛˋ

造句 [illegible]**做**功課。

說明 得完成功課。

做[1-4]

詞性：動詞 ㄗㄨㄛˋ

造句 你要聽老師的話，**做**個好學生。

說明 變成一個好學生。

健 ㄐㄧㄢˋ

【健康】[1] 詞性：名詞 ㄐㄧㄢˋ ㄎㄤ

造句 多吃水果對**健康**很好。

說明 說明身體很好，沒有病。

【健康】[2] 詞性：形容詞 ㄐㄧㄢˋ ㄎㄤ

造句 奶奶很**健康**，很少生病。

說明 奶奶的身體很好。

偷
詞性 動詞 ㄊㄡ

造句 弟弟**偷**了一塊糖吃。

說明 弟弟拿了一塊糖吃，大家都沒看見。

【偷偷地】
詞性 副詞 ㄊㄡ ㄊㄡ ㄉㄧˋ

造句 小明遲到了，**偷偷地**進了教室。

說明 小明遲到了，趁老師沒看見他就走進了教室。

偏 [1]
ㄆㄧㄢ

【偏偏】
詞性 副詞 ㄆㄧㄢ ㄆㄧㄢ

造句 我去找他，可他**偏偏**不在家。

說明 我去找他，想著他會在家，可是跟我想的相反，他不在。

【偏偏】
詞性 連詞 ㄆㄧㄢ ㄆㄧㄢ

造句 我們都去游泳，**偏偏**他不去。

說明 大家都去，只有他一個人不去。說這句話的人，表示不高興。

剪
詞性 動詞 ㄐㄧㄢˇ

造句 你的頭髮太長了，該**剪**了。

說明 把頭髮斷開，變短。

【剪刀】
詞性 名詞 ㄐㄧㄢˇ ㄉㄠ

造句 她用**剪刀**剪報紙上的畫。

說明 有兩片刀子，使紙斷開的東西。

副 [1-1]
詞性 量詞 ㄈㄨˋ

造句 老師上課時戴著一**副**眼鏡。

說明 「副」用在眼鏡前面。

副[1-2]

詞性 量詞 ㄈㄨˋ

造句 天冷了，我想買一**副**手套。

說明 「副」用在手套前面。

動[1-1]

詞性 動詞 ㄉㄨㄥˋ

造句 到了開車的時間，火車**動**了。

說明 火車原來停著，現在開起來了。

動[1-2]

詞性 動詞 ㄉㄨㄥˋ

造句 你別**動**我的新腳踏車。

說明 你別碰我的新腳踏車。

【動不動】

詞性 副詞 ㄉㄨㄥˋ ㄅㄨˊ ㄉㄨㄥˋ

造句 他身體不好，**動不動**就生病。

說明 很容易生病。

【動物】

詞性 名詞 ㄉㄨㄥˋ ㄨˋ

造句 小孩都喜歡小**動物**。

說明 貓、狗、鳥、魚等都是動物。

【動物園】

詞性 名詞 ㄉㄨㄥˋ ㄨˋ ㄩㄢˊ

造句 小孩都愛去**動物園**看動物。

說明 養著很多動物讓大家看的地方。

參

ㄘㄢ

【參加】

詞性 動詞 ㄘㄢ ㄐㄧㄚ

造句 我最近**參加**了一個畫畫小組。

說明

我成了這個畫畫小組的人。

【參觀】 詞性 動詞 ㄘㄢ ㄍㄨㄢ

造句 我們去博物館參觀了一個上午。

說明 仔細看了裡面的東西。

商 ㄕㄤ

【商店】 詞性 名詞 ㄕㄤ ㄉㄧㄢˋ

造句 我家附近有很多商店。

說明 賣東西的地方。

【商量】 詞性 動詞 ㄕㄤ ㄌㄧㄤˊ

造句 老師們正在商量考試的日期。

說明 正在討論什麼時候該考試。

啊 詞性 感嘆詞 ㄚ

造句 啊，這裡眞美！

說明 我覺得這裡美極了！

啊1-2 詞性 感嘆詞 ㄚ

造句 啊，你說什麼？

說明 我沒聽清楚，你再說一遍好嗎（表示追問）。

啊1-3 詞性 感嘆詞 ㄚ

造句 啊，他走了？

說明 他眞的走了嗎？我很吃驚。

啊1-4 詞性 感嘆詞 ㄚ

造句 啊，這個詞的意思我懂了。

說明 原來不懂，現在懂了。

啊[1-1] ˙ㄚ
詞性 語氣詞
造句 你快去**啊**，他正等著你呢。
說明 你快去，別讓他著急（表示催促）。

啊[1-2] ˙ㄚ
詞性 語氣詞
造句 你一定要來**啊**。
說明 我很希望你來。

啊[1-3] ˙ㄚ
詞性 語氣詞
造句 時間過得真快**啊**。
說明 我真沒想到時間過得這麼快。

唱 ㄔㄤˋ

【唱歌】ㄔㄤˋ ㄍㄜ
詞性 動詞
造句 我很喜歡聽媽媽**唱歌**。
說明 張開嘴巴，發出好聽的聲音。

問 ㄨㄣˋ
詞性 動詞
造句 我有不明白的地方就**問**爸爸。
說明 讓爸爸幫我弄明白。

【問題】ㄨㄣˋ ㄊㄧˊ
詞性 名詞
造句 小明舉手向老師問了個**問題**。
說明 小明說了一個他不明白的地方讓老師回答。

唸 ㄋㄧㄢˋ
詞性 動詞
造句 這個字我不會**唸**。

說明
我不知道怎麼發出聲音讀出來。

堆[1]
詞性 量詞 ㄉㄨㄟ

造句 桌子上這**堆**書是誰的？

說明
「堆」用在表示很多的東西的名詞前。

堆[2]
詞性 動詞 ㄉㄨㄟ

造句 桌子上誰**堆**了那些書？

說明
把很多書都放在一塊。

堵
詞性 動詞 ㄉㄨˇ

造句 馬桶**堵**了。

說明
沖馬桶的水流不下去了。

【堵車】 詞性 動詞 ㄉㄨˇ ㄔㄜ

造句 前面的路口**堵車**了。

說明
很多汽車都擠在前面的路口，都停在那裡了。

夠[1]
詞性 形容詞 ㄍㄡˋ

造句 買六個麵包，一百元**夠**了。

說明
花一百元可以買六個麵包。

夠[2]
詞性 副詞 ㄍㄡˋ

造句 好好休息，你今天**夠**累的了。

說明
你今天已經很累了。

【不夠】[1-1] 詞性 副詞 ㄅㄨˋ ㄍㄡˋ

造句 他四歲，還**不夠**上小學的年齡。

說明
還沒到上小學的年齡。

【不夠】[1-2]

詞性｜副詞　ㄅㄨˋ ㄍㄡˋ

造句　繩子不夠長，還差五公分。

說明　繩子再長五公分才合適。

寄

詞性｜動詞　ㄐㄧˋ

造句　我要寄一封信給花蓮的叔叔。

說明　讓郵局把信送到叔叔手裡。

【寄出去】

詞性｜動詞　ㄐㄧˋ ㄔㄨ ㄑㄩˋ

造句　昨天我剛寄出去幾張照片。

說明　從我這裡寄給別的地方。

密

詞性｜形容詞　ㄇㄧˋ

造句　小敏寫的字密，小明寫的字稀。

說明　小敏寫的字離得太近，小明寫的字離得太遠。

常

ㄔㄤˊ

【常常】

詞性｜副詞　ㄔㄤˊ ㄔㄤˊ

造句　我常常去圖書館看書。

說明　去很多次。

帶[1-1]

詞性｜動詞　ㄉㄞˋ

造句　小明眞粗心，上學忘了帶課本。

說明　拿在手裡，放在書包。

帶[1-2]

詞性｜動詞　ㄉㄞˋ

造句　星期天爸爸帶我去公園。

說明　我跟著爸爸去公園。

張 ㄓㄤ

詞性 量詞

造句 請你給我一張紙。

說明 用在「紙」前面。

張[1-2] ㄓㄤ

詞性 量詞

造句 媽媽給妹妹買了一張新床。

說明 用在「床」前面。

張[1-3] ㄓㄤ

詞性 量詞

造句 我們班還缺兩張桌子。

說明 用在「桌子」前面。

張[2] ㄓㄤ

詞性 動詞

造句 醫生讓我張嘴，好檢查我的牙齒。

說明 讓我把嘴打開，這樣才能看到我的牙齒。

彩 ㄘㄞˇ

【彩色】 ㄘㄞˇ ㄙㄜˋ

詞性 形容詞

造句 這些彩色照片漂亮極了。

說明 這些照片有很多種顏色。

得[1] ㄉㄟˇ

詞性 助動詞

造句 已經這麼晚了，我得回家了。

說明 我應該回家了。

得[2] ㄉㄟˇ

詞性 動詞

造句 買這條裙子得不少錢。

說明 買這條裙子大概要不少錢。

得[1-1]

詞性｜動詞 ㄉㄜˊ

造句　這次比賽小明得第四名。

說明　小明是第四個完成比賽。

得[1-2]

詞性｜動詞 ㄉㄜˊ

造句　這次考試我得七十分。

說明　我拿到七十分。

得[1-3]

詞性｜動詞 ㄉㄜˊ

造句　昨天我穿太少，得了感冒。

說明　生病了，感冒了。

【得到】

詞性｜動詞 ㄉㄜˊ ㄉㄠˋ

造句　我生日那天得到一輛腳踏車。

說明　有人給了我一輛腳踏車。

得[1-1]

詞性｜助詞 ˙ㄉㄜ

造句　小明跑得快。

說明　小明在跑，他用了很短的時間就到了。

得[1-2]

詞性｜助詞 ˙ㄉㄜ

造句　這裡只有三個包子，我吃得完。

說明　我能吃完這三個包子。

【得很】

詞性｜補語 ˙ㄉㄜ ㄏㄣˇ

造句　天氣好得很，不冷也不熱。

說明　補語就是放在形容詞後面，說明有多好、有多快、有多高興等。

從[1-1]

詞性｜介詞 ㄘㄨㄥˊ

造句 媽媽從商店走了出來。

說明
表示地方，媽媽在商店裡面買東西，現在到了商店的外面。

從 1-2
詞性 介詞 ㄘㄨㄥˊ

造句 從這棵樹數，看看一共有多少。

說明
表示開始做的地方。

從 1-3
詞性 介詞 ㄘㄨㄥˊ

造句 從南門走比較近。

說明
表示經過一個地方。

從 1-4
詞性 介詞 ㄘㄨㄥˊ

造句 媽媽從八點就到商店買東西。

說明
表示時間，媽媽八點就到了商店，現在還沒回來。

從 1-5
詞性 介詞 ㄘㄨㄥˊ

造句 從說話的聲音，我知道是小明。

說明
表示根據。小明的說話聲我熟悉，他一說話我就認出來了。

【從⋯到】1-1
詞性 介詞 ㄘㄨㄥˊ⋯ㄉㄠˋ

造句 從我家到學校，要走一公里。

說明
表示地方，我家是我出發的地方，學校是我到的地方。

【從⋯到】1-2
詞性 介詞 ㄘㄨㄥˊ⋯ㄉㄠˋ

造句 從八點到九點，我有英文課。

說明
表示時間，八點開始英文課，九點英文課上完。

【從…起】1-1 詞性：介詞 ㄘㄨㄥˊ…ㄑㄧˇ

造句：**從**這裡**起**，跑到那裡是一百公尺。

說明：表示地方，從這裡開始。

【從…起】1-2 詞性：介詞 ㄘㄨㄥˊ…ㄑㄧˇ

造句：**從**下月**起**，上課時間要改了。

說明：表示時間，從下個月開始。

【從不】 詞性：副詞 ㄘㄨㄥˊ ㄅㄨˋ

造句：小敏上學**從不**遲到。

說明：從過去到現在，小敏一次也沒有遲到過。

【從來】 詞性：副詞 ㄘㄨㄥˊ ㄌㄞˊ

造句：我**從來**沒有去過臺南。

說明：從過去到現在，我一次也沒有去過臺南。

接 1-1 詞性：動詞 ㄐㄧㄝ

造句：小明走向前去**接**老師給他的書。

說明：用手把老師給他的書拿了過來。

接 1-2 詞性：動詞 ㄐㄧㄝ

造句：媽媽去學校**接**小敏回家。

說明：媽媽看見小敏以後就帶她回家。

【接到】 詞性：動詞 ㄐㄧㄝ ㄉㄠˋ

造句：昨天我**接到**叔叔寄來的信。

說明：叔叔給我寄了信，昨天信已經到我的手裡。

【接著】詞性 副詞 ㄐㄧㄝ˙ㄓㄜ

造句 弟弟醒了一會兒，又**接著**睡。

說明 弟弟原來在睡覺，醒了一會兒，又繼續睡。

接[2]

【接著】詞性 連詞 ㄐㄧㄝ˙ㄓㄜ

造句 他洗了個澡，**接著**就睡覺了。

說明 他洗完澡馬上就睡覺。

【接電話】詞性 動詞 ㄐㄧㄝ ㄉㄧㄢˋ ㄏㄨㄚˋ

造句 哥哥**接**到一個**電話**就走了。

說明 電話響了，哥哥聽了電話就走了。

掉[1-1]

詞性 動詞 ㄉㄧㄠˋ

造句 我的衣服**掉**了一個扣子。

說明 我的衣服不見了一個扣子。

掉[1-2]

詞性 動詞 ㄉㄧㄠˋ

造句 我和小明**掉**了位子。

說明 現在我坐在小明的位子上，小明坐在我的位子上。

掛[1-1]

詞性 動詞 ㄍㄨㄚˋ

造句 把你的大衣**掛**在門後面。

說明 放在門後面，不讓大衣碰到地面。

掛[1-2]

詞性 動詞 ㄍㄨㄚˋ

造句 廁所裡**掛**著毛巾。

說明 廁所裡有毛巾，毛巾沒有碰到地面。

【掛號】詞性 動詞 ㄍㄨㄚˋ ㄏㄠˋ

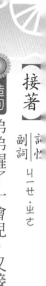

造句 弟弟病了，我陪他去醫院**掛號**。

說明 先拿一個寫著數字的牌子，然後去看醫生。

【掛電話】 詞性 動詞 ㄍㄨㄚˋ ㄉㄧㄢˋ ㄏㄨㄚˋ

造句 你別**掛電話**，我馬上去叫爸爸。

說明 把連在電話上用來說話的東西放回，表示不再說話了。

推[1-1] 詞性 動詞 ㄊㄨㄟ

造句 你跟我走，別**推**我。

說明 不要把手放在我背上用力，使我前進。

推[1-2] 詞性 動詞 ㄊㄨㄟ

造句 輪到你了，你可以**推**門進去。

說明 把手放在門上往前用力，門就打開。

排[1] 詞性 名詞 ㄆㄞˊ

造句 你的位子是第幾**排**？

說明 位子一個連著一個就是一排。

排[2] 詞性 動詞 ㄆㄞˊ

造句 我**排**第三個唱歌。

說明 第一個唱歌是小敏，第二個是小明，我是第三個。

【排隊】 詞性 動詞 ㄆㄞˊ ㄉㄨㄟˋ

造句 上車的人很多，請大家**排隊**。

說明 一個一個地排成一行上車。

救 詞性 動詞 ㄐㄧㄡˋ

造句 我受了傷，他救了我。

說明 多虧他，我才沒危險了。

教

詞性 動詞 ㄐㄧㄠ

造句 李老師教我們班數學。

說明 我們班跟李老師學數學。

【教會】

詞性 動詞 ㄐㄧㄠ ㄏㄨㄟˋ

造句 我五歲那年，爸爸教會我游泳。

說明 爸爸教我游泳，現在我會游泳了。

晚 1-1

詞性 形容詞 ㄨㄢˇ

造句 商店馬上關門，現在去太晚了。

說明 商店九點關門，現在是差十分鐘九點了，時間來不及了。

晚

詞性 形容詞 ㄨㄢˇ

造句 我們的公車晚了十分鐘才到。

說明 公車應該八點鐘到，可是八點十分才到。

【晚上】

詞性 名詞 ㄨㄢˇ ㄕㄤˋ

造句 每天晚上我都看一會兒電視。

說明 從吃晚飯到睡覺那段時間叫「晚上」。

【晚飯】

詞性 名詞 ㄨㄢˇ ㄈㄢˋ

造句 你們家什麼時候吃晚飯？

說明 一天有三頓飯：早飯、午飯和晚飯。

條 1-1

詞性 量詞 ㄊㄧㄠˊ

造句 走這條街可以到學校。

說明 用在「街、路」的前面。

條[1-2]

詞性 量詞 ㄊㄧㄠˊ

造句 哥哥在商店裡買了兩**條**褲子。

說明 用在「褲子、毛巾」的前面。

條[1-3]

詞性 量詞 ㄊㄧㄠˊ

造句 媽媽在燒一**條**大黃魚。

說明 用在「魚」的前面。

涼

詞性 形容詞 ㄌㄧㄤˊ

造句 這湯**涼**了，熱一熱再喝。

說明 不夠熱。

【涼快】 詞性 形容詞 ㄌㄧㄤˊ ㄎㄨㄞˋ

造句 今年夏天雨下得很多，特別**涼快**。

說明 不冷不熱的，讓人感到很舒服。

淡

詞性 形容詞 ㄉㄢˋ

造句 這個湯太**淡**了，再放些鹽吧。

說明 湯淡，就是鹽放得太少，不好喝。

淺[1-1]

詞性 形容詞 ㄑㄧㄢˇ

造句 游泳池這頭**淺**，那頭深。

說明 游泳池這頭只有五十公分，很淺。游泳池那頭有兩公尺，很深。

淺[1-2]

詞性 形容詞 ㄑㄧㄢˇ

造句 第一課很**淺**，第二十課很深。

說明 第一課很容易看懂，第二十課很難看

懂。

清 ㄑㄧㄥ

1 【清楚】 詞性：動詞 ㄑㄧㄥ ㄔㄨˇ

造句 我說的話，你們都**清楚**了嗎？

說明 聽懂了，記住了。

2 【清楚】 詞性：形容詞 ㄑㄧㄥ ㄔㄨˇ

造句 我坐在旁邊，所以聽得很**清楚**。

說明 大家在說什麼我一字一句都聽見了。

深[1-1] 詞性：形容詞 ㄕㄣ

造句 游泳池這頭**深**，小孩不要去。

說明 從游泳池的水面到最下面，距離很大。

深[1-2] 詞性：形容詞 ㄕㄣ

造句 這本書很**深**，大人才能看懂。

說明 「深」表示不容易看懂。

猜 詞性：動詞 ㄘㄞ

造句 你**猜**我的鞋子多少錢？

說明 你看看我的鞋子，想想要多少錢。

【猜不著】 詞性：動詞 ㄘㄞ ㄅㄨˋ ㄓㄠˊ

造句 我**猜不著**，告訴我多少錢吧。

說明 我想不出來。

【猜對】 詞性：動詞 ㄘㄞ ㄉㄨㄟˋ

造句 我的鞋子五百元。——你**猜對**了。

說明 你想是五百元，想對了。

理 ㄌㄧˇ

【理由】 詞性 名詞 ㄌㄧˇ ㄧㄡˊ

造句 你得說出你這樣做的理由。

說明 你爲什麼這樣做，你要說清楚，讓人相信。

【理髮】 詞性 動詞 ㄌㄧˇ ㄈㄚˇ

造句 你的頭髮太長了，該理髮了。

說明 你的頭髮太長了，該剪短一點，弄漂亮一點。

現 ㄒㄧㄢˋ

【現在】 詞性 名詞 ㄒㄧㄢˋ ㄗㄞˋ

造句 他早上出門，到現在還沒回來。

說明 「現在」表示我們說話這一時刻。

瓶 詞性 量詞 ㄆㄧㄥˊ

造句 買兩瓶牛奶就夠了，別多買。

說明 用在放在瓶子裡的東西的前面。

【瓶子】 詞性 名詞 ㄆㄧㄥˊ ˙ㄗ

造句 牛奶喝完了，瓶子別扔掉。

說明 放牛奶、汽水的東西。

甜 詞性 形容詞 ㄊㄧㄢˊ

造句 這個西瓜比那個甜。

說明 味道跟糖的味道一樣。

畢 ㄅㄧˋ

【畢業】 詞性：動詞 ㄅㄧˋ ㄧㄝˋ

造句：我還有一年就小學畢業了。

說明：明年我就讀完小學了。

盒 ㄏㄜˊ

【盒子】 詞性：名詞 ㄏㄜˊ ˙ㄗ

造句：我這個盒子可以放六支鉛筆。

說明：很小的箱子，裡面可以放文具、眼鏡。

眼 ㄧㄢˇ

【眼淚】 詞性：名詞 ㄧㄢˇ ㄌㄟˋ

造句：小狗走丟了，弟弟流下了眼淚。

說明：當你哭的時候，眼睛裡流出了水，表示你很難過。

【眼睛】 詞性：名詞 ㄧㄢˇ ㄐㄧㄥ

造句：眼睛是靈魂之窗，我們要好好愛護它。

說明：長在臉上，用來看東西的器官。

【眼鏡】 詞性：名詞 ㄧㄢˇ ㄐㄧㄥˋ

造句：我眼睛不太好，得戴上眼鏡。

說明：「眼鏡」幫助眼睛不好的人看清楚東西。

票 ㄆㄧㄠˋ

詞性：名詞

造句：弟弟的身高已經一百公分，坐捷運得買票了。

說明
坐捷運是要付錢的，付錢就是要買票。

移 詞性 動詞 ㄧˊ

造句 你往右移一個位子好嗎？

說明
請你動一下，坐到你右邊的那個位子上。

笨 詞性 形容詞 ㄅㄣˋ

造句 學東西小敏聰明，小明笨。

說明
小明不聰明，學好久也不會。

粒 詞性 量詞 ㄌㄧˋ

造句 我的眼睛裡有一粒沙子。

說明
用在很小、圓的東西前面。

粗 詞性 形容詞 ㄘㄨ

造句 學校操場旁邊的樹長得眞粗。

說明
我用兩隻手才能圍起來。

【粗心】 詞性 形容詞 ㄘㄨ ㄒㄧㄣ

造句 我太粗心了，寫錯了三個字。

說明
我很不留心。

細 詞性 形容詞 ㄒㄧˋ

造句 這根繩子太細了，容易斷。

說明
那根繩子粗，不容易斷。

組 詞性 名詞 ㄗㄨˇ

造句 老師把我們班分成五個組。

說明
我們班有三十個同學，六個同學一「組」。

累

詞性：動詞　ㄌㄟˋ

造句　爸爸**累**了一天，讓他好好休息。

說明　爸爸白天做很多事情，身體沒有力氣了。

累[2]

詞性：形容詞　ㄌㄟˋ

造句　我打了一個小時籃球，**累**極了。

說明　身體完全沒有力氣了，很想馬上休息。

終　ㄓㄨㄥ

【終於】

詞性：副詞　ㄓㄨㄥ ㄩˊ

造句　我等了很長時間，他**終於**來了。

說明　過了很長時間，最後他來了。

習　ㄒㄧˊ

【習慣】

詞性：名詞　ㄒㄧˊ ㄍㄨㄢˋ

造句　他老遲到，這個壞**習慣**要改。

說明　他老遲到，這樣做很不好，得改爲不遲到。

【習慣】[2]

詞性：動詞　ㄒㄧˊ ㄍㄨㄢˋ

造句　我**習慣**很早起床。

說明　我很早起床，我每天都在這樣做。

聊

詞性：動詞　ㄌㄧㄠˊ

造句　媽媽和老師**聊**了一會兒。

說明　說說想說的話。

【聊天】

詞性：動詞　ㄌㄧㄠˊ ㄊㄧㄢ

造句　爺爺喜歡一邊喝茶，一邊**聊天**。

說明　跟人隨意說話。

脖 ㄅㄛˊ

【脖子】　詞性｜名詞　ㄅㄛˊ ˙ㄗ

造句　她發現脖子上的絲巾不見了。

說明　頭和身體之間，戴絲巾的地方。

脫 ㄊㄨㄛ

詞性｜動詞

造句　房間不冷，你把毛衣脫了吧。

說明　把穿在身上的衣服拿掉。

船 ㄔㄨㄢˊ

詞性｜名詞

造句　你可以從高雄坐船去。

說明　人可以坐在裡面在海上旅行。

蛋 ㄉㄢˋ

【蛋糕】　詞性｜名詞　ㄉㄢˋ ㄍㄠ

造句　媽媽給我做了一個生日蛋糕。

說明　人們在生日時吃的、用雞蛋和麵粉做的點心。

被 ㄅㄟˋ

詞性｜介詞

造句　我的筆被他借走了，還沒有還。

說明　他借走我的筆。

【被子】　詞性｜名詞　ㄅㄟˋ ˙ㄗ

造句　我的新被子很輕，很暖和。

說明　睡覺時蓋在身上的。

袖 ㄒㄧㄡˋ

【袖子】 詞性 名詞 ㄒㄧㄡˋ ˙ㄗ

造句 小明愛穿短袖子的衣服。

說明 衣服蓋著胳膊的部分叫「袖子」。長袖子蓋著整個胳膊，短袖子蓋著胳膊的一半。

袋 ㄉㄞˋ

【袋子】 詞性 名詞 ㄉㄞˋ ˙ㄗ

造句 她從超市拿著一個袋子出來。

說明 「袋子」用手拿著，裡面可以放很多東西。

軟 詞性 形容詞 ㄖㄨㄢˇ

造句 沙發很軟，坐在上面舒服極了。

說明 長時間坐在上面，腰背不累、不痠痛。

這 詞性 代詞 ㄓㄜˋ

造句 這支筆是我的，那支筆是你的。

說明 離我近的筆是我的。

【這些】 詞性 代詞 ㄓㄜˋ ㄒㄧㄝ

造句 這些書是我的，那些書是小明的。

說明 靠近我的書叫「這些書」，離我遠的書叫「那些書」。

【這裡】 詞性 代詞 ㄓㄜˋ ㄌㄧˇ

造句 這裡是圖書館，別大聲說話。

說明 我站著的這個地方是圖書館。

1-1

【這麼】 詞性 代詞 ㄓㄜˋ ˙ㄇㄜ

造句 這麼漂亮的衣服，在哪裡買的？

說明

多麼漂亮的衣服呀，你是在哪裡買的。

1-2 【這麼】 詞性 代詞 ㄓㄜˋ ˙ㄇㄜ

造句 這個字你寫錯了，應該**這麼**寫。

說明

要寫對這個字，你應該用這樣的方法。

1-1 【這樣】 詞性 代詞 ㄓㄜˋ ㄧㄤˋ

造句 我們有**這樣**幾種筆，你挑哪種？

說明

我們有像在你眼前的幾種筆。

1-2 【這樣】 詞性 代詞 ㄓㄜˋ ㄧㄤˋ

造句 小敏**這樣**說是對的。

說明

小敏說出的話是對的。

【這樣的】 詞性 形容詞 ㄓㄜˋ ㄧㄤˋ ˙ㄉㄜ

造句 我喜歡**這樣的**顏色。

說明

我喜歡像在我眼前的顏色。

【這邊】 詞性 代詞 ㄓㄜˋ ㄅㄧㄢ

造句 馬路**這邊**是學校，對面是公園。

說明

離說話人近的一邊，是學校。

1-1 **通** 詞性 動詞 ㄊㄨㄥ

造句 這條街**通**忠孝東路。

說明

從這條街可以走到忠孝東路。

1-2 **通** 詞性 動詞 ㄊㄨㄥ

造句 昨天我得了感冒，鼻子不**通**。

說明

空氣不能從鼻子進出，很不舒服。

通 ㄊㄨㄥ
詞性｜動詞
造句 你這個句子不通，得改一下。
說明 這個句子寫得不對，有錯的地方。

【通風】 ㄊㄨㄥ ㄈㄥ
詞性｜動詞
造句 教室很悶，打開窗戶通通風。
說明 打開窗户，讓空氣可以從教室裡進出，讓人舒服點。

1 連 ㄌㄧㄢˊ
詞性｜動詞
造句 這兩個字要連在一起唸。
說明 不要一個字一個字唸，要一起唸。

2 連 ㄌㄧㄢˊ
詞性｜介詞
造句 去打球的人連你一共有三個。
說明 算上你，包括你，一共有三個人。

【連……也】 ㄌㄧㄢˊ……ㄧㄝˇ
詞性｜副詞
造句 我連腳踏車也不會騎。
說明 騎腳踏車很容易，小孩都會騎，可我就是不會。

【連續】 ㄌㄧㄢˊ ㄒㄩˋ
詞性｜副詞
造句 老師連續講了兩個故事。
說明 老師講了第一個故事，然後沒有停止又講第二個故事。

逐 ㄓㄨˊ

【逐漸】 ㄓㄨˊ ㄐㄧㄢˋ
詞性｜副詞
造句 弟弟三歲了，身體逐漸長高。

說明　一點一點地長高。

逛

詞性　動詞　ㄍㄨㄤˋ

造句　星期天早上我們去逛公園。

說明　進去公園走走看看。

【逛商店】　詞性　動詞　ㄍㄨㄤˋ ㄕㄤ ㄉㄧㄢˋ

造句　姊姊喜歡跟朋友逛商店。

說明　進了一家商店，又進另一家商店，到處看看。

部　ㄅㄨˋ

【部分】　詞性　名詞　ㄅㄨˋ ·ㄈㄣ

造句　我們班有部分同學參加了比賽。

說明　我們班有一些同學去參加比賽。

都[1-1]

詞性　副詞　ㄉㄡ

造句　我和小敏都喜歡唱歌。

說明　我喜歡唱歌，小敏也喜歡唱歌。

都[1-2]

詞性　副詞　ㄉㄡ

造句　我不知道她都買了些什麼。

說明　她買了哪些東西，我一點也不知道。

都[1-3]

詞性　副詞　ㄉㄡ

造句　我父親今年都四十歲了。

說明　已經四十歲了。

陪

詞性　動詞　ㄆㄟˊ

造句　我對這裡很熟，我陪你們上街吧。

我認識這個地方，可以跟你們一起去。

陰

詞性 形容詞 ㄧㄣ

造句 剛才還是晴天，現在天又陰了。

說明 天上的雲都出現了，沒有太陽了。

頂

詞性 量詞 ㄉㄧㄥˇ

造句 姊姊買了一頂新帽子，很好看。

說明 「頂」用在帽子的前面。

【頂多】

詞性 副詞 ㄉㄧㄥˇ ㄉㄨㄛ

造句 我頂多能吃三個包子。

說明 我吃包子最多是三個，超過三個就吃不下了。

魚

詞性 名詞 ㄩˊ

造句 我們全家人都愛吃魚。

說明 一種活在水裡的動物，有尾巴，沒有腿。

鳥

詞性 名詞 ㄋㄧㄠˇ

造句 小鳥飛到樹上去了。

說明 一種會飛的動物。

麻

ㄇㄚˊ

【麻煩】

詞性 名詞 ㄇㄚˊ ㄈㄢˊ

造句 老師幫助我們許多事情，從來不怕麻煩。

說明 老師耐心地幫助我們學習。

粘

詞性 動詞 ㄋㄧㄢˊ

造句 小明褲子上粘著口香糖。

說明 小明褲子上有口香糖，很難弄下來。

十二畫

傍 ㄅㄤ

【傍晚】 詞性 名詞 ㄅㄤ ㄨㄢˇ

造句 爸爸每天**傍晚**才下班。

說明 天快黑的時候（下午六、七點鐘）。

最 詞性 副詞 ㄗㄨㄟˋ

造句 我們班裡，小明長得**最**高。

說明 小明個子高，我們班沒有一個同學像他長得那麼高。

【最好】 詞性 副詞 ㄗㄨㄟˋ ㄏㄠˇ

造句 今天比較冷，你**最好**戴頂帽子。

說明 我想你應該戴頂帽子。

【最初】 詞性 名詞 ㄗㄨㄟˋ ㄔㄨ

造句 **最初**是哥哥教我用電腦的。

說明 哥哥是第一個教我用電腦的人。

【最近】 詞性 副詞 ㄗㄨㄟˋ ㄐㄧㄣˋ

造句 爸爸**最近**很忙，很晚才回家。

說明 這幾天，或者這幾個星期。

【最後】 詞性 副詞 ㄗㄨㄟˋ ㄏㄡˋ

造句 先去臺中、臺南，**最後**去高雄吧。

先去臺中，接著去臺南，然後去高雄；到了高雄以後就哪裡也不去了。

剩

詞性 動詞 ㄕㄥˋ

造句 我錢包裡只**剩**一百元。

說明 本來我有三百元，花了二百元，現在我只有一百元。

【剩下】 詞性 動詞 ㄕㄥˋ ㄒㄧㄚˋ

造句 這個月還**剩下**兩天。

說明 還過兩天這個月就過完了，開始下一個月。

喝

詞性 動詞 ㄏㄜ

造句 我先**喝**湯，後吃飯。

說明 我們用嘴巴吃飯，但是湯或水，我們就用嘴巴「喝」。

【喝光】 詞性 動詞 ㄏㄜ ㄍㄨㄤ

造句 妹妹把牛奶都**喝光**了。

說明 喝得一點牛奶也沒有了。

喂

詞性 招呼語 ㄨㄟˋ

造句 弟弟往電話裡說了一聲：「**喂**」。

說明 「喂」用來引起別人的注意。

喜 ㄒㄧˇ

【喜歡】 詞性 動詞 ㄒㄧˇ ㄏㄨㄢ

造句 我非常**喜歡**你送給我的禮物。

說明 你送給我的禮物使我非常高興。

圍 ㄨㄟˊ

【圍著】 詞性｜動詞 ㄨㄟˊ ·ㄓㄜ

造句 老師的身邊**圍著**好幾個同學。

說明 好幾個同學在老師的四周。

場[1-1]

詞性｜量詞 ㄔㄤˇ

造句 昨天晚上下了一**場**大雨。

說明 「場」用在雨之前。

場[1-2]

詞性｜量詞 ㄔㄤˇ

造句 去年爺爺得過一**場**大病。

說明 「場」用在病之前。

場[1-3]

詞性｜量詞 ㄔㄤˇ

造句 我在週末看了兩**場**電影。

說明 「場」用在電影之前。

場[1-4]

詞性｜量詞 ㄔㄤˇ

造句 下午在操場有一**場**足球比賽。

說明 「場」用在比賽之前。

報 ㄅㄠˋ

【報名】 詞性｜動詞 ㄅㄠˋ ㄇㄧㄥˊ

造句 夏天到了，我們**報名**學游泳。

說明 寫出自己的名字，表示願意參加。

【報到】 詞性｜動詞 ㄅㄠˋ ㄉㄠˋ

造句 新同學明天到學校**報到**。

說明 告訴學校自己來了。

【報紙】名詞 ㄅㄠˋ ㄓˇ

造句 爸爸早上做的第一件事是看報紙。

說明 爸爸每天都買一份報紙，看看外面發生什麼事。

【報紙上】詞性 名詞 ㄅㄠˋ ㄓˇ ㄕㄤˋ

造句 我已經認得報紙上的許多字。

說明 印在報紙上面的。

【報警】詞性 動詞 ㄅㄠˋ ㄐㄧㄥˇ

造句 車子不見了，快報警。

說明 告訴警察有人偷了車子。

寒 ㄏㄢˊ

十二畫

【寒假】名詞 ㄏㄢˊ ㄐㄧㄚˋ

造句 我們今年的寒假有三十天。

說明 冬天的假期有三十天。

【放寒假】詞性 動詞 ㄈㄤˋ ㄏㄢˊ ㄐㄧㄚˋ

造句 學校從下星期一開始放寒假。

說明 冬天的假期從下星期一開始。

【過寒假】詞性 動詞 ㄍㄨㄛˋ ㄏㄢˊ ㄐㄧㄚˋ

造句 我們將到高雄過寒假。

說明 在冬天的假期裡我們將在高雄。

就[1-1] 詞性 副詞 ㄐㄧㄡˋ

造句 我今天早上六點就起床了。

說明 早上六點表示時間很早。就是說，我今天起床的時間很早。

就1-2 詞性 副詞 ㄐㄧㄡˋ

造句 你等我一分鐘，我馬上**就**回來。

說明 一分鐘表示時間很短。就是說，你不用等很久，我很快會回來。

就1-3 詞性 副詞 ㄐㄧㄡˋ

造句 我剛出門**就**見到小明。

說明 表示我出門和我見到小明之間的時間很短。

幅 詞性 量詞 ㄈㄨˊ

造句 這**幅**畫是我自己畫的。

說明 「[illegible]

帽 ㄇㄠˋ

【帽子】 詞性 名詞 ㄇㄠˋ ˙ㄗ

造句 今天大太陽，戴頂**帽子**吧。

說明 我們戴帽子是爲了擋太陽，保護我們的頭。

幾1-1 詞性 數詞 ㄐㄧˇ

造句 你弟弟今年**幾**歲了？

說明 問一到九的數字用「幾」。

幾1-2 詞性 數詞 ㄐㄧˇ

造句 小敏買了**幾**個蘋果。

說明 在量詞前面，問從兩個到九個的東西。

幾1-3 詞性 數詞 ㄐㄧˇ

說明　用在「沒」的後面表示「很少」。

幾　ㄐㄧ

1-1
【幾乎】　詞性：副詞　ㄐㄧ　ㄏㄨ

造句　我在公車上**幾乎**忘了雨傘。

說明　差一點把雨傘留在公車上，但是我想起來，拿下車了。

1-2
【幾乎】　詞性：副詞　ㄐㄧ　ㄏㄨ

造句　我十歲，**幾乎**比她大兩歲。

說明　她八歲半，比我小一歲半，不到兩歲。「幾乎」表示「很接近」。

1-3
【幾乎】　詞性：副詞　ㄐㄧ　ㄏㄨ

造句　我們班男孩很少，**幾乎**都是女孩。

說明　全班三十人，只有五個男孩。

廁　ㄘㄜˋ

【廁所】　詞性：名詞　ㄘㄜˋ　ㄙㄨㄛˇ

造句　男**廁所**在左邊，女**廁所**在右邊。

說明　人在裡面大小便的地方。

插　ㄔㄚ

詞性：動詞

造句　姊姊把買回來的花**插**在花瓶裡。

說明　把花從花瓶口放進去。

提　ㄊㄧˊ

詞性：動詞

造句　我的書包背帶斷了，只好**提**著。

說明　用手拿著東西。

提前[1]

【提前】 詞性：動詞 ㄊㄧˊ ㄑㄧㄢˊ

造句：我原來星期天去，後來**提前**了。

說明：比原來的時間早，我星期六就去了。

提前[2]

【提前】 詞性：副詞 ㄊㄧˊ ㄑㄧㄢˊ

造句：我沒想到姊姊**提前**到家了。

說明：姊姊說她六點回家，可是她五點就到家了。

揮

詞性：動詞 ㄏㄨㄟ

造句：小明**揮**著帽子，說：「我在這兒」。

說明：用手拿著帽子，往左、往右動。

【揮手】 詞性：動詞 ㄏㄨㄟ ㄕㄡˇ

說明：舉起手往左、往右動。

換[1-1]

詞性：動詞 ㄏㄨㄢˋ

造句：我拿蘋果**換**你的香蕉好嗎？

說明：我給他我的蘋果，他給我他的香蕉。

換[1-2]

詞性：動詞 ㄏㄨㄢˋ

造句：我們班**換**教室了。

說明：我們的教室以前在二樓，現在在三樓。

【跟…換】 詞性：動詞 ㄍㄣ … ㄏㄨㄢˋ

造句：我這支筆**跟**你**換**那支筆吧。

說明：我給你這支筆，同時我要你那支筆。

【換衣服】 詞性：動詞 ㄏㄨㄢˋ ㄧ ㄈㄨˊ

說明 髒衣服不穿了，要穿上乾淨的衣服。

【換位子】 詞性 動詞 ㄏㄨㄢˋ ㄨㄟˋ ˙ㄗ

造句 我們來**換**個**位子**，我坐前面。

說明 我本來坐後面，現在坐前面了。

敢 ㄍㄢˇ

詞性 助動詞

造句 你**敢**跳過這個坑嗎？

說明 你害怕不害怕跳過這個坑？

散 ㄙㄢˋ

【散步】 詞性 動詞 ㄙㄢˋ ㄅㄨˋ

造句 他們常常到公園裡**散步**。

隨便走一走，休息一下。

晴 ㄑㄧㄥˊ

詞性 形容詞

造句 今天天**晴**，一點也不冷。

說明 今天沒有雲，能看到太陽。

暑 ㄕㄨˇ

【暑假】 詞性 名詞 ㄕㄨˇ ㄐㄧㄚˋ

造句 還有三天，**暑假**就過完了。

說明 夏天學校放的假。

曾 ㄘㄥˊ

【曾經】 詞性 副詞 ㄘㄥˊ ㄐㄧㄥ

造句 我們**曾經**在臺中住過。

說明 以前我們在臺中住過，現在不在那裡住了。

替[1]

詞性 動詞 ㄊㄧˋ

造句 你去休息一會兒，我來替你。

說明 你不要做了，我來繼續做。

替[2]

詞性 介詞 ㄊㄧˋ

造句 你去商店的時候替我買蘋果。

說明 你去商店，我不去商店。你幫我買蘋果，我自己就不去買了。

朝

詞性 介詞 ㄔㄠˊ

造句 你朝北走三分鐘就到捷運站。

說明 向北的方向走。

椅 ㄧˇ

【椅子】 詞性 名詞 ㄧˇ ˙ㄗ

造句 你找一把椅子坐吧。

說明 有四條腿，用來坐著休息的家具。

棵

詞性 量詞 ㄎㄜ

造句 我家門口有一棵樹。

說明 用在「樹」的前面。

棒

詞性 形容詞 ㄅㄤˋ

造句 老師的字寫得眞棒。

說明 寫得眞好。

【棒極了】 詞性 動詞 ㄅㄤˋ ㄐㄧˊ ˙ㄌㄜ

造句 [illegible]棒極了。

十分好。

植 ㄓˊ

【植物】詞性 名詞 ㄓˊ ㄨˋ

造句 公園裡長著許多**植物**。

說明 花、草、樹都叫「植物」。

游 ㄧㄡˊ

【游泳】詞性 動詞 ㄧㄡˊ ㄩㄥˇ

造句 小敏從五歲開始學**游泳**。

說明 在水裡用手和用腳使自己前進。

【游泳池】詞性 名詞 ㄧㄡˊ ㄩㄥˇ ㄔˊ

造句 這個**游泳池**淺，那個**游泳池**深。

說明 游泳的地方。

減 ㄐㄧㄢˇ 詞性 動詞

造句 二十**減**七等於十三。

說明 20－7＝13。

湯 ㄊㄤ 詞性 名詞

造句 我家習慣先喝**湯**，然後吃飯。

說明 「湯」是用水和菜或者肉煮成的。

渴 ㄎㄜˇ 詞性 形容詞

造句 我一上午沒喝水了，**渴**得很。

說明 我很想喝水。

測 ㄘㄜˋ

【測驗】 詞性 名詞 ㄘㄜˋ ㄧㄢˋ

造句 老師告訴我們明天數學**測驗**。

說明 明天老師考我們數學。

然 ㄖㄢˊ

【然後】 詞性 副詞 ㄖㄢˊ ㄏㄡˋ

造句 我們先去臺中，**然後**去臺南。

說明 我們先去臺中，去了臺中以後接著去臺南。

煮 詞性 動詞 ㄓㄨˇ

造句 媽媽爲我煮了一碗雞蛋麵。

說明 麵條放在開水鍋裡變熟。

畫[1] 詞性 名詞 ㄏㄨㄚˋ

造句 教室牆上掛著許多畫。

說明 用筆在紙上做出的圖。

畫[2] 詞性 動詞 ㄏㄨㄚˋ

造句 弟弟說他在畫小貓。

說明 用筆在紙上做出一隻小貓的樣子。

【畫畫】 詞性 動詞 ㄏㄨㄚˋ ㄏㄨㄚˋ

造句 星期三下午我去學**畫畫**。

說明 學著怎樣用筆在紙上做出圖。

痛 詞性 形容詞 ㄊㄨㄥˋ

造句 我怕**痛**，不願意打針。

說明 打針會很難受，我會怕。

發 ㄈㄚ

【發抖】 詞性：動詞 ㄈㄚ ㄉㄡˇ

造句：我穿得太少了，冷得**發抖**。

說明：身體不停地輕輕抖動。

【發現】 詞性：動詞 ㄈㄚ ㄒㄧㄢˋ

造句：我**發現**小敏有一個哥哥。

說明：原來不知道，現在知道了。

【發燒】 詞性：動詞 ㄈㄚ ㄕㄠ

造句：我身體三十八度多，**發燒**了。

說明：身體感到熱，不舒服，病了。

睏 ㄎㄨㄣˋ

詞性：形容詞

造句：我昨晚睡得不好，今天很**睏**。

說明：今天我很想睡覺。

短 ㄉㄨㄢˇ

詞性：形容詞

造句：去年買的褲子今年穿，**短**了。

說明：不夠長了。

硬[1-1] ㄧㄥˋ

詞性：形容詞

造句：這蘋果**硬**得很，不好咬。

說明：得使勁用牙咬。

硬[1-2] ㄧㄥˋ

詞性：形容詞

造句：這床太**硬**了，睡得不舒服。

說明：這床太「硬」表示躺著身體得不到休息，要軟一點才好。

窗 ㄔㄨㄤ

【窗户】詞性 名詞 ㄔㄨㄤ ˙ㄏㄨ

造句 下雨了，快關窗戶。

說明 房間裡有窗户，好讓空氣可以進來。

【窗簾】詞性 名詞 ㄔㄨㄤ ㄌㄧㄢˊ

造句 太陽出來了，把窗簾拉開吧。

說明 房間裡擋窗户的布，拉開窗簾就讓房間亮一點。

等[1-1] 詞性 動詞 ㄉㄥˇ

造句 我在學校門口等小敏。

說明 我在學校門口一直待到小敏來。

等[1-2] 詞性 動詞 ㄉㄥˇ

造句 我們在等雨停了再走。

說明 雨停了以後我們再走。

等[2] 詞性 助詞 ㄉㄥˇ

造句 今天來的人有小明、小敏等。

說明 今天來的人當中有小明、小敏和其他人。

【等於】詞性 動詞 ㄉㄥˇ ㄩˊ

造句 十九加二十二等於四十一。

說明 19＋22＝41。

筆 詞性 名詞 ㄅㄧˇ

造句 我的筆壞了，寫不了字。

說明 我們手裡拿著筆來寫字、畫畫。

【筆順】詞性 名詞 ㄅㄧˇ ㄕㄨㄣˋ

造句 「木」的筆順從「一」開始。

說明

「木」的筆順是：先畫「一」，然後畫成「十」，最後從左到右畫成「木」。

【筆畫】 詞性 名詞 ㄅㄧˇ ㄏㄨㄚˋ

造句 「小」字比「明」字筆畫少。

說明

「小」的筆畫是三畫，「明」的筆畫是八畫。

答 詞性 動詞 ㄉㄚˊ

造句 小明答對了老師的問題。

說明

老師問小明問題，小明說對了。

【答案】 詞性 名詞 ㄉㄚˊ ㄢˋ

造句 這條測驗題的答案是「C」。

說明

這條題回答「C」就對了。

答 ㄉㄚ

1-1 【答應】 詞性 動詞 ㄉㄚ ㄧㄥˋ

造句 我叫他的名字，可他沒答應。

說明

他沒說話，好像沒聽見一樣。

1-2 【答應】 詞性 動詞 ㄉㄚ ㄧㄥˋ

造句 我請小敏幫忙，她答應了。

說明

她同意幫忙。

結 ㄐㄧㄝˊ

1 【結果】 詞性 名詞 ㄐㄧㄝˊ ㄍㄨㄛˇ

造句 我知道自己考試的結果了。

說明　我知道我考試最後得多少分了。

【結果】[2]　詞性：連詞　ㄐㄧㄝˊ ㄍㄨㄛˇ

造句　我起床晚了，**結果**沒趕上公車。

說明　我沒趕上公車是因爲我起床晚了。

【結婚】　詞性：動詞　ㄐㄧㄝˊ ㄏㄨㄣ

造句　他們倆要**結婚**了。

說明　他們倆要住在一起，一起生活了。

【跟……結婚】　詞性：動詞　ㄍㄣ……ㄐㄧㄝˊ ㄏㄨㄣ

造句　我爸爸**跟**媽媽**結婚**二十年了。

說明　爸爸、媽媽在一個家一起生活了二十年了。

給[1]　詞性：動詞　ㄍㄟˇ

造句　這支筆我**給**小明了。

說明　小明從我這裡得到了一支筆。

給[2]　詞性：介詞　ㄍㄟˇ

造句　一會兒我會**給**小敏打個電話。

說明　讓小敏接到我的電話。

脾　ㄆㄧˊ

【脾氣】　詞性：名詞　ㄆㄧˊ ㄑㄧˋ

造句　小敏的**脾氣**很好，從不生氣。

說明　脾氣好，就是不愛生氣。脾氣不好，就是愛生氣。

舒　ㄕㄨ

【舒服】　詞性：形容詞　ㄕㄨ ㄈㄨˊ

造句 游泳完了晒晒太陽，舒服極了。

說明 感覺十分好。

【不舒服】 詞性 形容詞 ㄅㄨˋ ㄕㄨ ㄈㄨˊ

造句 你哪裡不舒服？

說明 表示病了，身體什麼地方痛。

著 ㄓㄠ

【著急】 詞性 動詞 ㄓㄠ ㄐㄧˊ

造句 我快要遲到了，所以很著急。

說明 因爲要遲到，我心裡很不安。

【爲…著急】 詞性 動詞 ㄨㄟˋ…ㄓㄠ ㄐㄧˊ

造句 小敏在爲我著急，擔心我遲到。

說明 小敏擔心我會遲到，所以心裡很不安。

菜 1-1

詞性 名詞 ㄘㄞˋ

造句 媽媽到南門市場買了不少菜。

說明 買了拿回家煮著吃的東西，如青菜、魚肉等。

菜 1-2

詞性 名詞 ㄘㄞˋ

造句 媽媽做的菜很好吃。

說明 在廚房做的蔬菜和肉。

街

詞性 名詞 ㄐㄧㄝ

造句 我家住在一條小街，商店不多。

說明 大的叫「馬路」，小的叫「街」。

【逛街】 詞性 動詞 ㄍㄨㄤˋ ㄐㄧㄝ

造句 妹妹喜歡跟姊姊**逛街**。

說明 到人多、商店多的地方走走。

【上街】 詞性 動詞 ㄕㄤˋ ㄐㄧㄝ

造句 媽媽不在家，**上街**買東西去了。

說明 出門買東西。

詞 ㄘˊ

【詞典】 詞性 名詞 ㄘˊ ㄉㄧㄢˇ

造句 學生都要學會查**詞典**。

說明 詞典是一本書，你不懂的東西都可以在裡面找到。

貼 ㄊㄧㄝ

詞性 動詞

造句 弟弟在冰箱門上**貼**了一幅畫。

說明 讓畫留在冰箱門上，不掉下來。

貴 ㄍㄨㄟˋ

詞性 形容詞

造句 這裡的帽子**貴**，那裡的便宜。

說明 這裡的帽子要五百元，那裡的四百元。

買 ㄇㄞˇ

詞性 動詞

造句 我在商店裡**買**了三根香蕉。

說明 我給商店錢，商店給我香蕉。

越 ㄩㄝˋ

【越…越】 詞性 副詞 ㄩㄝˋ…ㄩㄝˋ

造句 雨**越**下**越**大。

說明 雨剛開始下得不太大，後來不斷變大。

【越來越】 詞性：副詞 ㄩㄝˋ ㄌㄞˊ ㄩㄝˋ

造句 姊姊**越來越**胖了。

說明 姊姊一天比一天胖了。

超 ㄔㄠ

1-1 【超過】 詞性：動詞 ㄔㄠ ㄍㄨㄛˋ

造句 小明跑得很快，**超過**了我們。

說明 跑在我們的前面。

1-2 【超過】 詞性：動詞 ㄔㄠ ㄍㄨㄛˋ

造句 哥哥的個子**超過**爸爸。

說明 現在哥哥比爸爸還高。

跑

詞性：動詞 ㄆㄠˇ

造句 小明一邊**跑**，一邊跟我說話。

說明 「跑」是用腿很快地往前去；「走」是用腿比較慢地往前去。

【跑出來】 詞性：動詞 ㄆㄠˇ ㄔㄨ ㄌㄞˊ

造句 他們倆一起從學校**跑出來**。

說明 從學校裡跑到學校外面來。

跌 ㄉㄧㄝˊ

【跌倒】 詞性：動詞 ㄉㄧㄝˊ ㄉㄠˇ

造句 路很滑，當心別**跌倒**。

說明 當心身體別倒下來。

週 ㄓㄡ

【週末】 詞性：名詞 ㄓㄡ ㄇㄛˋ

造句 這個**週末**，新的鄰居會搬進來。

說明 星期六和星期天加起來就叫「週末」。

進

詞性 動詞 ㄐㄧㄣˋ

造句 我看見他**進**了超市。

說明 從超市的外面到超市的裡面。

【進去】

詞性 動詞 ㄐㄧㄣˋ ㄑㄩˋ

造句 我在門口等人，就讓他先**進去**。

說明 讓他先到房間裡面去。

【進來】

詞性 動詞 ㄐㄧㄣˋ ㄌㄞˊ

造句 外面下雨，你**進來**吧。

說明 你從外面到我這裡吧。

郵

ㄧㄡˊ

【郵局】

詞性 名詞 ㄧㄡˊ ㄐㄩˊ

造句 我去**郵局**幫叔叔寄一封信。

說明 「郵局」是寄信的地方。

【郵票】

詞性 名詞 ㄧㄡˊ ㄆㄧㄠˋ

造句 這封信要貼十塊錢的**郵票**。

說明 你寄信的時候要貼「郵票」，表示你付了錢。

量

詞性 動詞 ㄌㄧㄤˊ

造句 我給弟弟**量**身高，正好一百公分。

說明 看看弟弟有多高。

開[1-1]

詞性 動詞 ㄎㄞ

造句 有人在敲門，你去開門。

說明 把關著的門打開。開了門，敲門的人才能進來。

開[1-2]

詞性 動詞 ㄎㄞ

造句 你覺得熱就**開**冷氣。

說明 使不工作的機器開始工作。開了冷氣，你就不覺得熱了。

開[1-3]

詞性 動詞 ㄎㄞ

造句 哥哥**開**車，我們坐在車後面。

說明 使車子往前走。

開[1-4]

詞性 動詞 ㄎㄞ

造句 姊姊種的花**開**了兩朵。

說明 姊姊種的花起初都是合著的，後來有兩朵開放變成花朵了。

開[1-5]

詞性 動詞 ㄎㄞ

造句 小敏十歲生日**開**了個派對。

說明 小敏十歲生日那天家裡有一個派對。

開[1-6]

詞性 動詞 ㄎㄞ

造句 水還沒**開**，不能放餃子。

說明 水有一百度，叫「開」，沒有一百度，叫「沒開」。

【開始】[1]

詞性 動詞 ㄎㄞ ㄕˇ

造句 數學課早上八點**開始**。

說明 我們早上八點就有數學課。

【開始】[2]

詞性 副詞 ㄎㄞ ㄕˇ

造句 水開了，媽媽**開始**放餃子。

說明

水沒開，媽媽不放餃子。水開了，媽媽就一個一個地放。

【從…開始】

詞性：動詞　ㄘㄨㄥˊ…ㄎㄞ　ㄕˇ

造句　我**從**下星期一**開始**學跳舞。

說明

我想學跳舞，下星期一就學。

【開學】

詞性：動詞　ㄎㄞ　ㄒㄩㄝˊ

造句　明天**開學**，我很高興。

說明

明天到學校開始上課。

【開關】

詞性：名詞　ㄎㄞ　ㄍㄨㄢ

造句　我沒找到**開關**開不了電燈。

說明

按一下開關，電燈就開了，就亮了，再按一下開關，電燈就關了，就不亮了。

間

詞性：量詞　ㄐㄧㄢ

造句　我家樓上有三**間**房間。

說明

用在「房間」的前面。

隊[1]

詞性：量詞　ㄉㄨㄟˋ

造句　前面走過來一**隊**小學生。

說明

「隊」用在表示排著一串的人的名詞前。

隊[2]

詞性：名詞　ㄉㄨㄟˋ

造句　電影院門前有一條長**隊**。

說明

先來的人站在前頭，後來的人站在後頭。

雲

詞性：名詞　ㄩㄣˊ

造句　天上的**雲**越來越多，要下雨了。

說明

天上沒有「雲」或者很少「雲」，就表示天氣晴朗。

飯

詞性：名詞　ㄈㄢˋ

造句　我們一天吃三餐**飯**。

說明　白飯、麵條、包子等，使得我們不餓。

【飯店】

詞性：名詞　ㄈㄢˋ ㄉㄧㄢˋ

造句　我們都餓了，找家**飯店**吃飯吧。

說明　在家外面吃飯的地方。

黃

詞性：形容詞　ㄏㄨㄤˊ

造句　秋天來了，樹葉**黃**了。

說明　夏天樹葉是綠的，秋天樹葉就變黃了。

黑 1-1

詞性：形容詞　ㄏㄟ

造句　白鞋容易髒，**黑**鞋不容易髒。

說明　「白」像雪的顏色，有點髒的東西我們很容易看見。「黑」像墨的顏色，有點髒的東西我們不容易看見。

黑 1-2

詞性：形容詞　ㄏㄟ

造句　太陽下山了，天慢慢**黑**了。

說明　慢慢看不清楚東西了。

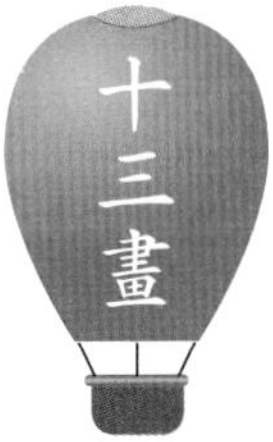

亂 1

詞性：形容詞　ㄌㄨㄢˋ

造句　小明不愛收拾，房間很**亂**。

說明　房間裡的東西沒有放在該放的地方。

亂[2]

詞性：副詞　ㄌㄨㄢˋ

造句　別**亂**吃東西，對身體不好。

說明　隨便愛吃什麼就吃什麼，不想想對身體有沒有好處。

傳

詞性：動詞　ㄔㄨㄢˊ

造句　把這本書**傳**給老師。

說明　書從一個人手裡到另一個人手裡，一直到老師手裡。

【傳染】

詞性：動詞　ㄔㄨㄢˊ ㄖㄢˇ

造句　你得了感冒，可別**傳染**給別人。

說明　讓別人也得感冒。

僅

ㄐㄧㄣˇ

【僅僅】

詞性：副詞　ㄐㄧㄣˇ ㄐㄧㄣˇ

造句　我中午**僅僅**吃了兩個包子。

說明　我中午吃得很少，只吃了兩個包子。

催

詞性：動詞　ㄘㄨㄟ

造句　早上，媽媽老**催**我起床。

說明　媽媽老讓我快點起床。

傷

詞性：動詞　ㄕㄤ

造句　常常不吃早飯容易**傷**身體。

說明　對身體不好。

嗎

詞性：助詞　˙ㄇㄚ

造句　你要一塊蛋糕**嗎**？

說明

用在句子後面，表示問話：你要不要一塊蛋糕？

圓

詞性：形容詞 ㄩㄢˊ

造句 我家有一張吃飯用的大**圓**桌。

說明

吃飯的桌子不是方的，是像車輪那樣「圓」的。

填

詞性：動詞 ㄊㄧㄢˊ

造句 每道題上都要**填**「對」或者「錯」。

說明

每道題旁邊都要寫上「對」字或者「錯」字。

塊 1-1

詞性：量詞 ㄎㄨㄞˋ

造句 姊姊遞給我一**塊**蛋糕。

說明

用在「蛋糕」、「餅乾」前面。

塊

詞性：量詞 ㄎㄨㄞˋ

造句 爸爸在咖啡裡放了兩**塊**糖。

說明

用在「糖」等東西前面。

塊 1-3

詞性：量詞 ㄎㄨㄞˋ

造句 我的生日禮物是一**塊**玉珮。

說明

用在「玉珮」前面。

【塊錢】

詞性：名詞 ㄎㄨㄞˋ ㄑㄧㄢˊ

造句 從這裡坐公車到學校要十**塊錢**。

說明

用在數字的後面。十塊錢就是十元。

媽 ㄇㄚ

【媽媽】

詞性：名詞 ㄇㄚ ˙ㄇㄚ

造句 我爸爸是老師，我**媽媽**是醫生。

說明
「媽媽」跟「母親」這兩個詞是一樣的，只是「媽媽」是口語用法，「母親」是書寫用法。

意 ㄧˋ

【意思】 詞性 名詞 ㄧˋ ˙ㄙ

造句 我不明白這句話的**意思**。

說明
我不明白這句話說的是什麼。

感 ㄍㄢˇ

【感到】 詞性 動詞 ㄍㄢˇ ㄉㄠˋ

造句 比賽之後，他們都**感到**很累。

說明
說「他們很累」和說「他們感到很累」不一樣。用了「感到」是說明他們自己認爲是累了。

1【感冒】 詞性 名詞 ㄍㄢˇ ㄇㄠˋ

造句 你的**感冒**好了沒有？

說明
你不頭痛，不咳嗽，不發燒了吧？「感冒」就是使你頭痛、咳嗽、發燒的病。

2【感冒】 詞性 動詞 ㄍㄢˇ ㄇㄠˋ

造句 你穿得太少，當心別**感冒**了。

說明
得了上面說的那種病。

【感興趣】 詞性 動詞 ㄍㄢˇ ㄒㄧㄥˋ ㄑㄩˋ

造句 我們下午去游泳，你**感興趣**嗎？

說明
你覺得好玩，想跟我們一起去嗎？

【對…感興趣】 詞性 動詞 ㄉㄨㄟˋ… ㄍㄢˇ ㄒㄧㄥˋ ㄑㄩˋ

造句 姊姊**對**電影**感興趣**，常常去看。

說明 姊姊覺得電影很有意思，很喜歡看。

想[1-1] 詞性 動詞 ㄒㄧㄤˇ

造句 你**想**想這桌子放在哪裡好。

說明 你動動腦筋，看看桌子放在哪裡好。

想[1-2] 詞性 動詞 ㄒㄧㄤˇ

造句 我**想**你會來的。

說明 你沒告訴我你來不來，但我猜你會來的。

想[1-3] 詞性 動詞 ㄒㄧㄤˇ

造句 我**想**我媽媽，我五天沒見她了。

說明 我希望見到我媽媽，跟她在一起。

想[1-4] 詞性 動詞 ㄒㄧㄤˇ

造句 過兩天，我**想**去臺南看我叔叔。

說明 我打算去臺南看我叔叔。

愛[1-1] 詞性 動詞 ㄞˋ

造句 爸爸很**愛**我媽媽。

說明 對我媽媽很好。

愛[1-2] 詞性 動詞 ㄞˋ

造句 這首歌我最**愛**唱。

說明 我最喜歡唱。

【愛惜】 詞性 動詞 ㄞˋ ㄒㄧˊ

造句 小明十分**愛惜**自己的新書。

說明 他很注意不把新書弄髒。

【愛護】 詞性：動詞 ㄞˋ ㄏㄨˋ

造句 小敏十分**愛護**自己的眼睛。

說明 她很注意讓眼睛休息。

搆 ㄍㄡˋ

【搆不著】 詞性：動詞 ㄍㄡˋ ㄅㄨˋ ㄓㄠˊ

造句 書放得太高了，我**搆不著**。

說明 我伸手拿不到。

【搆得著】 詞性：動詞 ㄍㄡˋ ˙ㄉㄜ ㄓㄠˊ

造句 哥哥個子高，他**搆得著**。

說明 他伸手可以拿到。

搬 詞性：動詞 ㄅㄢ

造句 他們正**搬**一個大箱子到汽車上。

說明 把大箱子放到汽車上。

1-1 【搬走】 詞性：動詞 ㄅㄢ ㄗㄡˇ

造句 他們把桌子**搬走**了。

說明 桌子不再在這裡，在別的地方了。

1-2 【搬走】 詞性：動詞 ㄅㄢ ㄗㄡˇ

造句 我們的鄰居上星期**搬走**了。

說明 他們不再是我們的鄰居了。

1-1 【搬到】 詞性：動詞 ㄅㄢ ㄉㄠˋ

造句 把這鋼琴**搬到**客廳去吧。

說明 從一個地方放到另一個地方（客廳）。

1-2 【搬到】 詞性：動詞 ㄅㄢ ㄉㄠˋ

造句 去年我們從臺南**搬**到臺北。

說明 從一個地點（臺南）往另一個地點（臺北）去。

【搬家】
詞性：動詞　ㄅㄢ ㄐㄧㄚ

造句 房子太小了，我們決定**搬家**。

說明 搬到大一點的房子去。

搶
詞性：動詞　ㄑㄧㄤˇ

造句 每個小孩都有一個蘋果，別**搶**。

說明 別急著和別人爭。

搖
詞性：動詞　ㄧㄠˊ

造句 小敏**搖**頭，說不去。

說明 頭左右不停地動，表示不同意。表示同意，用「點頭」。

新 1
詞性：形容詞　ㄒㄧㄣ

造句 我的腳踏車很**新**，剛騎了幾天。

說明 我的腳踏車買來的時候是沒用過的，現在也才用了幾天。

新 2
詞性：副詞　ㄒㄧㄣ

造句 我的腳踏車是**新**買的，很好騎。

說明 我的腳踏車是剛買的。

【新年】
詞性：名詞　ㄒㄧㄣ ㄋㄧㄢˊ

造句 孩子們最喜歡過**新年**。

說明 每年一月一日是新年，表示新的一年開始了。

1-1 【新鮮】
詞性：形容詞　ㄒㄧㄣ ㄒㄧㄢ

造句 這個蛋糕眞新鮮。

說明 這個蛋糕是剛做出來的，聞起來眞香。這裡是表示吃的東西。

【新鮮】[1-2]
詞性 形容詞 ㄒㄧㄣ ㄒㄧㄢ

造句 剛下過雨，空氣眞新鮮。

說明 雨把空氣中的髒東西洗掉了，所以下雨過後，空氣最好。

暗
詞性 形容詞 ㄢˋ

造句 教室沒開燈，很暗。

說明 看不清教室裡的東西。

暖
詞性 形容詞 ㄋㄨㄢˇ

造句 你蓋的被子暖嗎？

說明 蓋這樣的被子讓你不覺得冷，很舒服。

會[1]
詞性 名詞 ㄏㄨㄟˋ

造句 今天下午我們開一個會。

說明 今天下午有一段時間我們在一起說事情。

會[2-1]
詞性 助動詞 ㄏㄨㄟˋ

造句 姊姊會唱英文歌。

說明 姊姊懂得怎麼唱英文歌。

會[2-2]
詞性 助動詞 ㄏㄨㄟˋ

造句 天那麼陰，我看會下雨。

說明 我覺得可能下雨。

會[3]
詞性 動詞 ㄏㄨㄟˋ

造句 哥哥會英文。

說明 哥哥能看懂英文，能說英文。

【開會】 詞性 動詞 ㄎㄞ ㄏㄨㄟˋ

造句 老師們都**開會**去了。

說明 老師們在一起說事情。

極 ㄐㄧˊ

【極了】 詞性 補語 ㄐㄧˊ ˙ㄌㄜ

造句 這個餐廳的雞好吃**極了**。

說明 很好很好。用在形容詞後面表示「很」。

歲 詞性 名詞 ㄙㄨㄟˋ

造句 李老師有一個五**歲**的女兒。

說明 他女兒從出生到現在已經五年了。

溼 詞性 形容詞 ㄕ

造句 剛洗完頭，頭髮很**溼**。

說明 頭髮裡還有很多水，沒有擦乾。

滅 詞性 動詞 ㄇㄧㄝˋ

造句 電燈壞了，一下子**滅**了。

說明 一下子電燈不亮了。

溫 ㄨㄣ

【溫度】 詞性 名詞 ㄨㄣ ㄉㄨˋ

造句 外面很冷，但教室的**溫度**不低。

說明 「冷」表示溫度低，「很冷」表示溫度很低，不低表示溫度比較高；這是我們身體感覺到的。

滑

詞性：形容詞　ㄏㄨㄚˊ

造句：剛下過大雨，路上很**滑**。

說明：人在路上走，容易摔倒。

準

詞性：動詞　ㄓㄨㄣˇ

造句：客廳的鐘走得很**準**。

說明：走得不快，也不慢。

【準備】[1]

詞性：助動詞　ㄓㄨㄣˇ ㄅㄟˋ

造句：我正**準備**出門的時候，他來了。

說明：我正要出門的時候。

【準備】[2]

詞性：動詞　ㄓㄨㄣˇ ㄅㄟˋ

造句：老師讓每人**準備**一本本子。

說明：老師叫每人都帶著一本本子來上課。

煙

詞性：名詞　ㄧㄢ

造句：媽媽在炒菜，廚房裡都是**煙**。

說明：用火炒菜時產生的空氣。

照[1-1]

詞性：動詞　ㄓㄠˋ

造句：燈光把房間**照**得很亮。

說明：電燈開了，發出的光使房間很亮。

照[1-2]

詞性：動詞　ㄓㄠˋ

造句：爸爸給我們**照**了幾張相片。

說明：爸爸用照相機把我們的樣子拍到相片上。

照[1-3]

詞性：動詞　ㄓㄠˋ

造句 妹妹很愛美，天天**照**鏡子。

說明 妹妹天天看鏡子裡的自己，覺得自己很美。

照[2] 詞性：介詞 ㄓㄠˋ

造句 我**照**他的話做。

說明 他說怎麼做，我就怎麼做。

【照相】 詞性：動詞 ㄓㄠˋ ㄒㄧㄤˋ

造句 我們到公園去**照相**吧。

說明 我們拿著照相機把公園裡好看的人和風景拍到相片上。

【照相機】 詞性：名詞 ㄓㄠˋ ㄒㄧㄤˋ ㄐㄧ

造句 哥哥帶著**照相機**去旅行。

說明 一種機器，能把人和風景弄到相片上。

爺 ㄧㄝˊ

【爺爺】 詞性：名詞 ㄧㄝˊ ˙ㄧㄝ

造句 我小時候常常去**爺爺**家玩。

說明 我的「爺爺」是我父親的父親。

當 詞性：動詞 ㄉㄤ

造句 小敏長大了想**當**老師。

說明 想做老師這種工作。

【當…的時候】 詞性：副詞 ㄉㄤ…˙ㄉㄜ ㄕˊ ㄏㄡˋ

造句 **當**她看見我**的時候**，她笑了。

說明 她看見了我，這個時候她笑了。

【當心】 詞性：動詞　ㄉㄤ ㄒㄧㄣ

造句：過馬路要**當心**汽車。

說明：過馬路要留意汽車，別被汽車撞到了。

【當然】 詞性：副詞　ㄉㄤ ㄖㄢˊ

造句：蘋果很好吃，我**當然**愛吃。

說明：這一點也不奇怪，每個人都一定愛吃。

矮[1-1]

詞性：形容詞　ㄞˇ

造句：妹妹身高一百五十公分，是全家最**矮**的。

說明：家裡的人都比妹妹高。

矮[1-2]

詞性：形容詞　ㄞˇ

造句：弟弟坐的椅子很**矮**。

說明：椅子不高。

碎

詞性：形容詞　ㄙㄨㄟˋ

造句：雞蛋容易**碎**。

說明：容易破，沒法吃。

碰

詞性：動詞　ㄆㄥˋ

造句：他騎腳踏車**碰**了我一下。

說明：撞到我身上。

【碰見】 詞性：動詞　ㄆㄥˋ ㄐㄧㄢˋ

造句：我在超市**碰見**李老師。

說明：沒想到會在超市看見李老師。

【碰面】 詞性：動詞　ㄆㄥˋ ㄇㄧㄢˋ

說明 每個星期大家聚在一起談事情。

【碰倒】 詞性 動詞 ㄆㄥˋ ㄉㄠˇ

造句 小狗跑來的時候，**碰倒**了椅子。

說明 小狗撞到椅子上，椅子倒了。

碗 ㄨㄢˇ

詞性 名詞

造句 大**碗**裡是飯，小**碗**裡是湯。

說明 用來吃飯和喝湯的器具。

筷 ㄎㄨㄞˋ

【筷子】 詞性 名詞 ㄎㄨㄞˋ ˙ㄗ

造句 弟弟還不會用**筷子**吃飯。

說明 用來把飯菜送進嘴巴裡的兩根東西。

經 ㄐㄧㄥ

【經過】 詞性 動詞 ㄐㄧㄥ ㄍㄨㄛˋ

造句 去他家要**經過**一個公園。

說明 去他家要從公園裡或公園旁走過去。

腰 ㄧㄠ

詞性 名詞

造句 小明彎下**腰**，撿起一支筆。

說明 人身體前面，上面叫「胸」，胸下面叫「腰」。

腳 ㄐㄧㄠˇ

詞性 名詞

造句 小敏**腳**上穿了一雙紅色的鞋子。

說明 人的身體下面穿鞋子的地方叫「腳」。

號[1-1]

詞性 名詞 ㄏㄠˋ

造句 我家住在九巷二十八**號**。

說明 住在九巷第二十八號的房子。

號[1-2]

詞性 名詞 ㄏㄠˋ

造句 哥哥腳大，穿四十**號**的鞋。

說明 「號」表示鞋子的大小。大的鞋子數字大，小的鞋子數字小。

號[1-3]

詞性 名詞 ㄏㄠˋ

造句 我的生日是九月十五**號**。

說明 「號」表示一個月裡的哪一天。

【號碼】 詞性 名詞 ㄏㄠˋ ㄇㄚˇ

造句 你排隊，你的**號碼**是七。

說明 排隊的時候，你是第七個人。「號碼」表示你是第幾。

裙 ㄑㄩㄣˊ

【裙子】 詞性 名詞 ㄑㄩㄣˊ ˙ㄗ

造句 她覺得女孩穿**裙子**好看。

說明 女孩穿在腰下面，沒有褲腿的衣服。

補 ㄅㄨˇ

【補考】 詞性 動詞 ㄅㄨˇ ㄎㄠˇ

造句 我考試沒考及格，得**補考**。

說明 再考一次，希望及格。

【補習】 詞性 動詞 ㄅㄨˇ ㄒㄧˊ

造句 我國語不好，星期六上午**補習**。

利用不上課的時間繼續學習。

【補課】 詞性 動詞 ㄅㄨˇ ㄎㄜˋ

造句 他病了沒上課，我們幫他**補課**。

說明 讓他聽一遍沒上的課。

裝[1-1] 詞性 動詞 ㄓㄨㄤ

造句 你的書**裝**進書包裡了嗎？

說明 你的書放在書包裡了嗎？

裝[1-2] 詞性 動詞 ㄓㄨㄤ

造句 我哥哥會**裝**電腦。

說明 他會把各個部分組成一部電腦。

裝[1-3] 詞性 動詞 ㄓㄨㄤ

造句 他不想去上課，就**裝**病。

說明 他本來沒有生病，為了不去上課，他說他生病。

裡[1-1] 詞性 名詞 ㄌㄧˇ

造句 上了車應該往車廂**裡**走。

說明 不要站在車門口。用在表示地點的詞後面。

裡[1-2] 詞性 名詞 ㄌㄧˇ

造句 暑假**裡**你去哪兒了？

說明 暑假這些日子。用在表示時間的詞後面。

【裡面】 詞性 名詞 ㄌㄧˇ ㄇㄧㄢˋ

造句 廁所**裡面**有人，請等一會兒。

說明 有人在廁所裡。

解
詞性 動詞 ㄐㄧㄝˇ

造句 我幫弟弟**解**鞋帶。

說明 我幫弟弟打開鞋帶，讓他能把鞋子脫掉。

該
詞性 動詞 ㄍㄞ

造句 我說完了，**該**你說了。

說明 現在輪到你說了。

試
詞性 動詞 ㄕˋ

造句 姊姊正在**試**衣服。

說明 把衣服穿在身上看看合適不合適。

誠
ㄔㄥˊ

【誠實】
詞性 形容詞 ㄔㄥˊ ㄕˊ

造句 小敏很**誠實**，從不說假話。

說明 她怎麼想的，怎麼做的，就怎麼說。

話
詞性 名詞 ㄏㄨㄚˋ

造句 老師的**話**我們要聽。

說明 老師用嘴說出的意思。

跟 1
詞性 動詞 ㄍㄣ

造句 誰不認識這地方就**跟**我來。

說明 在我的後面走。

跟 2-1
詞性 介詞 ㄍㄣ

造句 我想**跟**你說一件事。

我想對你說一件事。

跟 2-2

詞性：介詞　ㄍㄣ

造句：我也想**跟**你們一起去。

說明：也想和你們一起去。

【跟不上】

詞性：動詞　ㄍㄣ ㄅㄨˋ ㄕㄤˋ

造句：叫他走慢點，我**跟不上**了。

說明：如果他不走慢點，我離他就越來越遠了。

路

詞性：名詞　ㄌㄨˋ

造句：走這條**路**可以到中山公園。

說明：人或者車可以在上面從一個地方到另一個地方。

【路上】

詞性：名詞　ㄌㄨˋ ㄕㄤˋ

造句：我在回家的**路上**遇到大雨。

說明：我正在回家但還沒有到家的時候。

【路口】

詞性：名詞　ㄌㄨˋ ㄎㄡˇ

造句：**路口**車多，得小心。

說明：兩條路交會的地方。

跳

詞性：動詞　ㄊㄧㄠˋ

造句：同學們又跑又**跳**，高興極了。

說明：「跑」是用雙腿在地面向前快走，「跳」是用雙腿使身體離開地面。

【跳高】

詞性：動詞　ㄊㄧㄠˋ ㄍㄠ

造句：小明能**跳**一米**高**。

說明：他雙腿用力，使身體離開地面一米那麼高。

【跳遠】 詞性｜動詞 ㄊㄧㄠˋ ㄩㄢˇ

造句 我最好的時候能**跳**三米**遠**。

說明 我雙腿用力，使身體從原地往前三米那麼遠。

【跳繩】 詞性｜動詞 ㄊㄧㄠˋ ㄕㄥˊ

造句 小敏愛**跳繩**，能跳一百下。

說明 小敏手拿繩子，身體離開地面，讓繩子從腳底過。

跪

詞性｜動詞 ㄍㄨㄟˋ

造句 別**跪**在地上很髒！

說明 一個或者兩個膝蓋碰到地面。

躲

詞性｜動詞 ㄉㄨㄛˇ

造句 小敏很害羞，**躲**在門後面。

說明 小敏在門的後面，不讓別人看見她。

運

ㄩㄣˋ

【運氣】 詞性｜名詞 ㄩㄣˋ ㄑㄧˋ

造句 他**運氣**真好，坐到第一排。

說明 他碰巧坐到第一排，真沒想到。

【運動】 詞性｜動詞 ㄩㄣˋ ㄉㄨㄥˋ

造句 別老坐著看書，出去**運動**一下。

說明 讓手和腿動一動，散散步，打打球，身體會更好。

道[1-1]

詞性｜量詞 ㄉㄠˋ

造句 學校前面有一**道**大門。

用在「門」的前面。

道[1-2]

詞性：量詞　ㄉㄠˋ

造句：這次測驗一共有五**道**題。

說明：用在測驗、考試的「題」前面。

遇　ㄩˋ

【遇見】

詞性：動詞　ㄩˋ ㄐㄧㄢˋ

造句：我在圖書館**遇見**小敏。

說明：我沒有告訴小敏我在圖書館，小敏也沒有告訴我她在圖書館，結果我們倆在圖書館見面了。

【遇到】

詞性：動詞　ㄩˋ ㄉㄠˋ

造句：上學路上，我**遇到**一場大雨。

我正在上學的路上，下起了大雨。

過[1-1]

詞性：動詞　ㄍㄨㄛˋ

造句：綠燈亮了，可以**過**馬路了。

說明：從馬路的這邊到馬路的那邊。

過[1-2]

詞性：動詞　ㄍㄨㄛˋ

造句：時間**過**得真快！

說明：從一個時間點到下一個時間點所需要的時間很短。

過[1-3]

詞性：動詞　ㄍㄨㄛˋ

造句：晚上**過**了九點，商店關門了。

說明：已經是晚上九點多了。

過[2-1]

詞性：助詞　ㄍㄨㄛˋ

造句 哥哥說他去**過**很多地方。

說明 曾經去了很多地方。

過[2-2] 詞性 助詞 ㄍㄨㄛˋ

造句 姊姊說她小時候胖**過**。

說明 小時候胖，現在不胖了。

【過不去】 詞性 動詞 ㄍㄨㄛˋ ㄅㄨˊ ㄑㄩˋ

造句 人太多了，我**過不去**。

說明 我沒法到那邊去。

【過不來】 詞性 動詞 ㄍㄨㄛˋ ㄅㄨˋ ㄌㄞˊ

造句 左邊**過不來**，你就從右邊過來吧。

說明 從左邊沒法到這邊來。

【過去】[1] 詞性 名詞 ㄍㄨㄛˋ ㄑㄩˋ

造句 我媽媽**過去**是醫生。

說明 媽媽曾經是醫生，現在不是了。

【過去】[2] 詞性 動詞 ㄍㄨㄛˋ ㄑㄩˋ

造句 你爸爸叫你呢，快**過去**吧。

說明 快到你爸爸那兒去。

【過年】 詞性 動詞 ㄍㄨㄛˋ ㄋㄧㄢˊ

造句 哥哥、姊姊會回臺北**過年**。

說明 新年這段時間裡哥哥、姊姊在臺北。

【過來】 詞性 動詞 ㄍㄨㄛˋ ㄌㄞˊ

造句 小明，快**過來**！

說明 快到我這兒來！

【過暑假】 ㄍㄨㄛˋ ㄕㄨˇ ㄐㄧㄚˋ　詞性｜動詞

造句 今年我們到海邊**過暑假**。

說明 暑假這段時間裡我們在海邊。

遍 ㄅㄧㄢˋ

詞性｜量詞

造句 這本書我看了一**遍**。

說明 我從頭到尾看完了。

鉛 ㄑㄧㄢ

【鉛筆】 ㄑㄧㄢ ㄅㄧˇ　詞性｜名詞

造句 用**鉛筆**寫好，寫錯了可以擦掉。

說明 一種一頭尖尖的、寫出來是黑字的筆。

隔 ㄍㄜˊ

詞性｜動詞

造句 這種藥**隔**四個小時吃一次。

說明 這種藥吃完一次後，要過四個小時才能再吃。

【隔著】 ㄍㄜˊ ·ㄓㄜ　詞性｜動詞

造句 他家跟我家只**隔著**一條街。

說明 街的這邊是我家，街的那邊是他家，街就在中間。

【隔壁】 ㄍㄜˊ ㄅㄧˋ　詞性｜名詞

造句 我的教室就在你**隔壁**。

說明 你在三號教室，我在四號教室，我們是隔壁。

雷 ㄌㄟˊ

【打雷】 詞性 動詞 ㄉㄚˇ ㄌㄟˊ

造句 打雷了，馬上就要下雨了。

說明 下雨之前，我們會看到光，會聽到很大的聲音。

電 詞性 名詞 ㄉㄧㄢˋ

造句 空調用的電不少。

說明 沒有電，家裡的電燈、冰箱、電視機都沒法用。

【電梯】 詞性 名詞 ㄉㄧㄢˋ ㄊㄧ

造句 我要到二十樓，正在等電梯。

說明 電梯是一臺機器，你可以不用走樓梯，用它就可以上樓、下樓。

【電視】 詞性 名詞 ㄉㄧㄢˋ ㄕˋ

造句 小明十分喜歡看電視。

說明 看電視機裡放的節目。

【電視機】 詞性 名詞 ㄉㄧㄢˋ ㄕˋ ㄐㄧ

造句 我的電視機壞了，看不了節目。

說明 電視機是一臺機器，你可以看它播放的新聞節目、體育節目等。

【電腦】 詞性 名詞 ㄉㄧㄢˋ ㄋㄠˇ

造句 姊姊教我學會用電腦。

說明 電腦是一臺機器，你可以用它來打字和上網。

【電話】 詞性 名詞 ㄉㄧㄢˋ ㄏㄨㄚˋ

造句 電話響了，快去接。

說明 電話是一臺機器，你可以用它和不在你面前的人說話。

【打電話】 詞性 動詞 ㄉㄚˇ ㄉㄧㄢˋ ㄏㄨㄚˋ

造句 哥哥在**打電話**，我就不打擾他了。

說明 哥哥在用電話和別人說話。

【電影】 詞性 名詞 ㄉㄧㄢˋ ㄧㄥˇ

造句 這部**電影**姊姊看兩遍了。

說明 電影是把故事放映在螢幕上讓大家看。

【電影院】 詞性 名詞 ㄉㄧㄢˋ ㄧㄥˇ ㄩㄢˋ

造句 這**電影院**正在放一部新電影。

說明 電影院是放電影給大家看的地方。

【電燈】 詞性 名詞 ㄉㄧㄢˋ ㄉㄥ

造句 冬天天暗得早，得開**電燈**。

說明 天暗，屋子裡也暗，開電燈就是使屋子亮起來。

飽

詞性 形容詞 ㄅㄠˇ

造句 我吃了一塊蛋糕，現在**飽**了。

說明 不再餓了。

十四畫

像

詞性 動詞 ㄒㄧㄤˋ

造句 那個人很**像**小明的爸爸。

說明 那個人的樣子跟小明爸爸的樣子差不多。

嘗

詞性 動詞 ㄔㄤˊ

造句 這個蛋糕我做的，你**嘗**一下。

說明 你吃一點，看看好不好吃。

圖

ㄊㄨˊ

【圖書館】 詞性 名詞 ㄊㄨˊ ㄕㄨ ㄍㄨㄢˇ

造句 我從**圖書館**借了兩本書。

說明 圖書館裡有很多書，大家都可以借書，看完以後就到圖書館還書。

對[1]

詞性 量詞 ㄉㄨㄟˋ

造句 媽媽買了一**對**新沙發。

說明 「對」用在表示一左一右的、兩個一樣的名詞前面。

對[2-1]

詞性 動詞 ㄉㄨㄟˋ

造句 下午打籃球，我們班**對**他們班。

說明 我們班跟他們班比賽。

對[2-2]

詞性 動詞 ㄉㄨㄟˋ

造句 測驗的時候，不許**對**答案。

說明 不許拿著自己的答案跟別人的答案比較，然後修改。

對[3]

詞性 形容詞 ㄉㄨㄟˋ

造句 你寫的字都**對**。

說明 你寫的字都沒錯。

對[4]

詞性 介詞 ㄉㄨㄟˋ

造句 小明**對**你說了些什麼？

小明說話給你聽。

【對了】 詞性 習用語 ㄉㄨㄟˋ ˙ㄌㄜ

造句 **對了**，他家的地址我想起來了。

說明 跟別人說話的時候想到別的事情，常常說：「對了」，引起人家的注意。

【對不起】 詞性 習用語 ㄉㄨㄟˋ ㄅㄨˋ ㄑㄧˇ

造句 **對不起**，我來晚了。

說明 當你來晚的時候，或者做了一些不好的事情的時候，你說：「對不起」，請別人原諒你。

【對面】 詞性 名詞 ㄉㄨㄟˋ ㄇㄧㄢˋ

造句 我們學校**對面**有一個公車站。

說明 從我們學校出來過馬路就有一個公車站。

慢

詞性 形容詞 ㄇㄢˋ

造句 弟弟吃飯快，妹妹吃飯**慢**。

說明 妹妹吃飯的時候，一點兒一點兒吃，吃的時間很長。

摘

詞性 動詞 ㄓㄞ

造句 公園裡的花不許**摘**。

說明 用手把花弄下來。

摔

詞性 動詞 ㄕㄨㄞ

造句 我不小心把盤子**摔**了。

說明 盤子從我的手裡掉在地上，破了。

【摔下來】 詞性 動詞 ㄕㄨㄞ ㄒㄧㄚˋ ㄌㄞˊ

造句 下樓梯的時候，注意別**摔下來**。

說明 注意別從樓梯上倒下受傷。

【摔倒】 詞性 動詞 ㄕㄨㄞ ㄉㄠˇ

造句 路很滑，他剛出門就**摔倒**了。

說明 倒下受傷。

摸 ㄇㄛ

詞性 動詞

造句 你**摸**我的頭，看是不是發燒了。

說明 用手輕輕碰一下我的頭。

敲 ㄑㄧㄠ

【敲門】 詞性 動詞 ㄑㄧㄠ ㄇㄣˊ

造句 你去看看誰在**敲門**。

說明 去看看誰用手在門上拍。

旗 ㄑㄧˊ

【旗子】 詞性 名詞 ㄑㄧˊ ˙ㄗ

造句 每人拿著一面小**旗子**表演。

說明 掛在小棍子上的一塊布。

榜 ㄅㄤˇ

【榜樣】 詞性 名詞 ㄅㄤˇ ㄧㄤˋ

造句 她常幫助同學，是我們的**榜樣**。

說明 我們應該跟她一樣，幫助同學。

歌 ㄍㄜ

詞性 名詞

造句 我不會唱這首**歌**，你教教我。

說明 口裡按照調子和歌詞發出的好聽的聲音。

滾 ㄍㄨㄣˇ

詞性 動詞

造句 弟弟的球**滾**到沙發下面去了。

說明 弟弟的球從這兒轉呀轉到沙發下面去了。

漏 ㄌㄡˋ

【漏水】ㄌㄡˋ ㄕㄨㄟˇ

詞性 動詞

造句 水龍頭關不好，**漏水**了。

說明 水從水龍頭裡一點兒一點兒流下來。

漂 ㄆㄧㄠˋ

【漂亮】ㄆㄧㄠˋ ㄌㄧㄤˋ

詞性 形容詞

造句 小敏穿上這條裙子，**漂亮**極了。

說明 大家覺得非常好看。

滿 ㄇㄢˇ

詞性 形容詞

造句 我的書包**滿**了，放不進東西了。

說明 書包裡面沒有地方了，放不進東西了。

【滿意】ㄇㄢˇ ㄧˋ

詞性 形容詞

造句 我準時回家，媽媽很**滿意**。

說明 我準時回家，媽媽認爲我做得好。

【對…滿意】ㄉㄨㄟˋ…ㄇㄢˇ ㄧˋ

詞性 形容詞

造句 爸爸**對**我的學習成績很**滿意**。

說明 我學習好，拿了好成績，爸爸認爲我做得好。

漸 ㄐㄧㄢˋ

【漸漸地】 詞性｜副詞 ㄐㄧㄢˋ ㄐㄧㄢˋ ㄉㄧˋ

造句 妹妹**漸漸地**睡著了。

說明 慢慢地睡著了。說明不是很快，不是一下子。

漲 ㄓㄤˋ

詞性｜動詞

造句 喝完三杯水，我的肚子都**漲**了。

說明 我的肚子變大了，不能再喝了。

漲 ㄓㄤˇ

【漲價】 詞性｜動詞 ㄓㄤˇ ㄐㄧㄚˋ

造句 媽媽說好多東西都在**漲價**。

說明 好多東西比以前貴了。

睡 ㄕㄨㄟˋ

詞性｜動詞

造句 這張床只能**睡**一個人。

說明 這張床太小，只能讓一個人閉眼休息。

【睡覺】 詞性｜動詞 ㄕㄨㄟˋ ㄐㄧㄠˋ

造句 晚上**睡覺**要蓋好被子。

說明 晚上躺在床上閉眼休息。

種 ㄓㄨㄥˇ

詞性｜量詞

造句 這**種**餅乾有點兒鹹，很好吃。

說明 一種餅乾是甜的，另一種是鹹的。我喜歡這種有點兒鹹的餅乾。

種 ㄓㄨㄥˋ

詞性｜動詞

造句 爺爺喜歡**種**花。

說明 爺爺喜歡把花養在花盆裡，讓花活著。

稱 詞性 動詞 ㄔㄥˋ

造句 請你**稱**一下這六個蘋果。

說明 計算一下它們有多重。

端 詞性 動詞 ㄉㄨㄢ

造句 菜做好了，我幫忙**端**盤子。

說明 把盛著菜的盤子拿到桌面上。

算1-1 詞性 動詞 ㄙㄨㄢˋ

造句 我得**算**一下，我用了多少錢。

說明 我得點一下。

算1-2 詞性 動詞 ㄙㄨㄢˋ

造句 這條裙子一千元，**算**便宜的了。

說明 應該是便宜的了。

算1-3 詞性 動詞 ㄙㄨㄢˋ

造句 家裡的事情媽媽說了**算**。

說明 由媽媽決定。

【不算】 詞性 動詞 ㄅㄨˊ ㄙㄨㄢˋ

造句 **不算**小敏，我們是九個人。

說明 除了小敏以外。

【算了】 詞性 助詞 ㄙㄨㄢˋ ˙ㄌㄜ

造句 別再等了，我們走了**算了**。

說明 我們走吧。「算了」用在句子後面，表示建議。

【算上】 詞性 動詞 ㄙㄨㄢˋ ㄕㄤˋ

造句 把小明也**算上**，我們是九個人。

說明 把小明加進來。

綠 詞性 形容詞 ㄌㄩˋ

造句 亮**綠**燈了，可以過馬路了。

說明 亮紅燈不能過馬路，亮綠燈才可以過馬路。

緊[1-1] 詞性 形容詞 ㄐㄧㄣˇ

造句 這雙鞋我穿太**緊**了，換一雙吧。

說明 鞋比我的腳小，幾乎穿不進去。

緊[1-2] 詞性 形容詞 ㄐㄧㄣˇ

造句 我們只有十分鐘，時間很**緊**。

說明 十分鐘是很短的時間，如果我們不快點，時間可能不夠。

【緊張】 詞性 形容詞 ㄐㄧㄣˇ ㄓㄤ

造句 第一次在班上唱歌，我很**緊張**。

說明 我沒有在班上同學面前唱過歌，今天是第一次，所以我害怕唱不好。

罰 詞性 動詞 ㄈㄚˊ

造句 小明晚回家，媽媽**罰**他洗碗。

說明 為了讓他知道晚回家不對，媽媽叫他洗碗。

聞 詞性 動詞 ㄨㄣˊ

造句 這朵花香不香？你**聞**一下。

說明 我們用鼻子來感覺這朵花香還是不香。

腿 詞性 名詞 ㄊㄨㄟˇ

造句 他的**腿**長，所以走得很快。

說明 人的身體下面用來走路的部位。

腿[1-2] 詞性 名詞 ㄊㄨㄟˇ

造句 這張椅子的**腿**壞了，別坐。

說明 椅子下面的部分。

蓋[1] 詞性 名詞 ㄍㄞˋ

造句 這是瓶子的**蓋**，別弄丟了。

說明 這是堵瓶子口的東西，不讓裡面的水流出來。

蓋[2] 詞性 動詞 ㄍㄞˋ

造句 你喝完水就**蓋**好瓶子。

說明 把瓶子的口用蓋子堵上。

【蓋被子】 詞性 動詞 ㄍㄞˋ ㄅㄟˋ ˙ㄗ

造句 天冷了，睡覺時得**蓋被子**。

說明 把被子放在身上，以免著涼。

認 ㄖㄣˋ

【認爲】 詞性 動詞 ㄖㄣˋ ㄨㄟˊ

造句 我**認爲**他做對了，你做錯了。

說明 我一直覺得他對，你錯。

【認眞】 詞性 形容詞 ㄖㄣˋ ㄓㄣ

造句 李老師教我們的時候很**認眞**。

說明 我們不懂，他再說一遍，讓我們都懂。我們做錯，他會指出錯的地方，讓我們改正。

【認得】[1-1] 詞性 動詞 ㄖㄣˋ ˙ㄉㄜ

造句 你**認得**他是誰嗎？

說明 你能說出他的名字，記得他的樣子嗎？

【認得】[1-2] 詞性 動詞 ㄖㄣˋ ˙ㄉㄜ

造句 這個字你**認得**不認得？

說明 你知道這個字怎麼唸，什麼意思嗎？

【認識】詞性 動詞 ㄖㄣˋ ㄕˋ

造句 我**認識**你哥哥。

說明 我見過你哥哥，知道他在幹什麼。

說[1-1] 詞性 動詞 ㄕㄨㄛ

造句 你**說**吧，我聽著。

說明 張開嘴巴表示一個意思。

說[1-2] 詞性 動詞 ㄕㄨㄛ

造句 老師**說**了三遍了，我還是不懂。

說明 解釋了三遍了。

說[1-3] 詞性 動詞 ㄕㄨㄛ

造句 你改了，爸爸就不**說**你了。

說明 就不會批評你了。

【說話】詞性 動詞 ㄕㄨㄛ ㄏㄨㄚˋ

造句 上課了，別**說話**了。

說明 不要出聲了。

趕 ㄍㄢˇ

【趕快】 詞性：副詞 ㄍㄢˇ ㄎㄨㄞˋ

造句 都七點了，你**趕快**起床吧。

說明 快一點起床吧。

輕[1-1] 詞性：形容詞 ㄑㄧㄥ

造句 這張椅子很**輕**，我能搬動。

說明 椅子只有一公斤，不重，就是說很輕。

輕[1-2] 詞性：形容詞 ㄑㄧㄥ

造句 他的年紀很**輕**，才二十三歲。

說明 年紀不大。

【輕輕地】 詞性：副詞 ㄑㄧㄥ ㄑㄧㄥ ˙ㄉㄜ

造句 媽媽**輕輕地**把門關上了。

說明 關門的時候沒有聲音。

遠 詞性：形容詞 ㄩㄢˇ

造句 從這裡到學校很**遠**，得坐車。

說明 從這裡到學校一點也不近，得坐一會兒車才到。

【離…遠】 詞性：動詞 ㄌㄧˊ…ㄩㄢˇ

造句 臺北**離**高雄很**遠**，得坐高鐵。

說明 臺北和高雄之間一點也不近。

遞 詞性：動詞 ㄉㄧˋ

造句 他把桌子上的筆**遞**給我。

說明 他用手把桌子上的筆拿給我。

酸 詞性：形容詞 ㄙㄨㄢ

造句　這蘋果眞酸，很難吃。

說明　一點也不甜，有點兒像醋的味道。

需　ㄒㄩ

【需要】　詞性：動詞　ㄒㄩ ㄧㄠˋ

造句　我很需要一輛新的腳踏車。

說明　我眞希望有一輛新的腳踏車。

領　ㄌㄧㄥˇ

【領子】　詞性：名詞　ㄌㄧㄥˇ ˙ㄗ

造句　襯衫的領子髒了，換一件吧。

說明　襯衫上圍著脖子的地方。

餅　ㄅㄧㄥˇ

【餅乾】　詞性：名詞　ㄅㄧㄥˇ ㄍㄢ

造句　我早上吃餅乾，喝牛奶。

說明　餅乾是一小塊甜的或者鹹的小餅。

鼻　ㄅㄧˊ

【鼻子】　詞性：名詞　ㄅㄧˊ ˙ㄗ

造句　小明有個大鼻子。

說明　臉上用來呼吸的部位。

【鼻涕】　詞性：名詞　ㄅㄧˊ ㄊㄧˋ

造句　擦乾淨你的鼻涕。

說明　鼻子裡的髒東西。

【流鼻涕】　詞性：動詞　ㄌㄧㄡˊ ㄅㄧˊ ㄊㄧˋ

造句　我感冒了，整天流鼻涕。

說明 髒東西從我的鼻子流出來。

十五畫

價 ㄐㄧㄚˋ

【價錢】 詞性：名詞 ㄐㄧㄚˋ ㄑㄧㄢˊ

造句 這件大衣的**價錢**太貴了。

說明 這件大衣賣得太貴了。

嘴 詞性：名詞 ㄗㄨㄟˇ

造句 妹妹有一個很可愛的小**嘴**。

說明 「嘴」長在臉上，用來說話，吃東西。

增 ㄗㄥ

【增加】 詞性：動詞 ㄗㄥ ㄐㄧㄚ

造句 這所學校的學生**增加**了。

說明 學生比以前多了。

【從…增加到】 詞性：動詞 ㄘㄨㄥˊ…ㄗㄥ ㄐㄧㄚ ㄉㄠˋ

造句 老師**從**五十個**增加到**六十個。

說明 以前只有五十個老師，現在變多了，有六十個。

寬 詞性：形容詞 ㄎㄨㄢ

造句 我的床很**寬**，我跟弟弟一塊睡。

說明 床的這邊離那邊比較大，可以睡兩個人。

寫 詞性：動詞 ㄒㄧㄝˇ

造句 小明正在用毛筆練習**寫**字。

說明　小明拿著毛筆在紙上畫，紙上出現了字。

廚 ㄔㄨˊ

【廚房】 詞性｜名詞　ㄔㄨˊ ㄈㄤˊ

造句　這是吃飯的地方，往裡是**廚房**。

說明　往裡是做飯的地方。

撞

詞性｜動詞　ㄓㄨㄤˋ

造句　我被腳踏車**撞**過一次。

說明　有一次，一輛腳踏車碰倒了我。

撕

詞性｜動詞　ㄙ

造句　弟弟把今天的報紙**撕**了。

說明　用手把完整的報紙變成不完整。

【撕下】 詞性｜動詞　ㄙ ㄒㄧㄚˋ

造句　我從本子上**撕下**一頁給他。

說明　本子裡有很多頁，我用手把當中一頁弄下來給他。

數

詞性｜動詞　ㄕㄨˇ

造句　你**數**桌子，我**數**椅子。

說明　你點一點桌子有多少張，我點一點椅子有多少把。

數

詞性｜名詞　ㄕㄨˋ

造句　媽媽教弟弟數**數**。

說明　媽媽教弟弟怎麼說一、二、三。

【數字】 詞性｜名詞　ㄕㄨˋ ㄗˋ

造句　這麼長的**數字**，我記不住。

我的學號有十二個數字（2014 8342 6157）。

暫 ㄓㄢˋ

【暫時】 詞性：副詞 ㄓㄢˋ ㄕˊ

造句：我**暫時**騎著小明的腳踏車。

說明：我不會騎很長時間，過兩天就還給他。

樣 ㄧㄤˋ

詞性：量詞

造句：我給你看一**樣**東西。

說明：用在「東西」前面。

【樣子】 詞性：名詞 ㄧㄤˋ ˙ㄗ

造句：這種裙子**樣子**很漂亮。

說明：這種裙子看起來很漂亮。

詞性：名詞 ㄌㄡˊ

造句：我們學校有三棟**樓**。

說明：又大又高的房子。

樓[1-2] ㄌㄡˊ

詞性：名詞

造句：三年級的教室在二**樓**。

說明：在第二層。

【樓梯】 詞性：名詞 ㄌㄡˊ ㄊㄧ

造句：從左邊上**樓梯**，從右邊下**樓梯**。

說明：在大房子裡每一層之間讓人上或者下的走道。

熟[1-1] ㄕㄡˊ

詞性：形容詞

造句：番茄紅了就**熟**了。

說明 番茄熟了就會變紅色，就能吃。

熟[1-2]

詞性｜形容詞 ㄕㄡˊ

造句 菜燒**熟**了，飯還沒**熟**。

說明 在火上煮好了，可以吃了，就叫「熟」。

熟[1-3]

詞性｜形容詞 ㄕㄡˊ

造句 這篇課文我還不**熟**，還得念。

說明 這篇課文我還背不出來。

熟[1-4]

詞性｜形容詞 ㄕㄡˊ

造句 和平東路一段我哥哥很**熟**。

說明 和平東路一段有什麼商店，有什麼公車經過，哥哥都知道，都很清楚。

熱[1]

詞性｜動詞 ㄖㄜˋ

造句 這碗湯已經涼了，再**熱**一下吧。

說明 把涼了的湯放在火上煮幾分鐘。

熱[2]

詞性｜形容詞 ㄖㄜˋ

造句 我不怕**熱**，我怕冷。

說明 「熱」說的是溫度高，「冷」說的是溫度低。

【熱鬧】

詞性｜形容詞 ㄖㄜˋ ㄋㄠˋ

造句 小敏的生日會很**熱鬧**。

說明 來的人多，大家玩得很高興。

瘦[1-1]

詞性｜形容詞 ㄕㄡˋ

造句 哥哥個子高，但是比弟弟**瘦**。

說明 哥哥肉不多，哥哥七十公斤，弟弟八十公斤。

瘦[1-2] ㄕㄡˋ

詞性：形容詞

造句：這雙鞋有點兒**瘦**，穿著不舒服。

說明：鞋子瘦就緊，腳穿進去走路不舒服。

【瘦肉】ㄕㄡˋ ㄖㄡˋ

詞性：名詞

造句：哥哥愛吃肥肉，姊姊愛吃**瘦肉**。

說明：豬肉有兩部分，白的是肥肉，紅的是瘦肉。

盤 ㄆㄢˊ

詞性：名詞

造句：這個**盤**放魚，那個**盤**放菜。

說明：魚和菜都做好了，我們得把它們放在叫「盤」的東西內，讓大家吃。

【盤子】ㄆㄢˊ ˙ㄗ

詞性：名詞

造句：吃完飯，我來洗碗，洗**盤子**。

說明：「碗」用來吃飯，吃麵；「盤子」用來吃魚，吃菜。

碼 ㄇㄚˇ

【碼頭】ㄇㄚˇ ˙ㄊㄡ

詞性：名詞

造句：船到了**碼頭**，停二十分鐘。

說明：車停的地方叫車站，船停的地方叫碼頭。

箱 ㄒㄧㄤ

【箱子】ㄒㄧㄤ ˙ㄗ

詞性：名詞

造句：姊姊去旅行，帶著一個大**箱子**。

說明：用來放衣服和其他東西的器具。

篇
詞性：量詞　ㄆㄧㄢ

造句　這**篇**課文有一千字。

說明　用在「課文」前面。

練
ㄌㄧㄢˋ

【練習】[1]
詞性：名詞　ㄌㄧㄢˋ ㄒㄧˊ

造句　課文後面有很多**練習**。

說明　有很多問題，幫助你學好課文。

【練習】[2]
詞性：動詞　ㄌㄧㄢˋ ㄒㄧˊ

造句　小敏天天**練習**寫字。

說明　天天學著寫字，希望能寫好，寫得更漂亮。

罵
詞性：動詞　ㄇㄚˋ

造句　爸爸媽媽從不**罵**我們。

說明　跟我們說很不好聽的話。

談
詞性：動詞　ㄊㄢˊ

造句　爸爸媽媽**談**了很長時間。

說明　爸爸媽媽在一起說話，說了很長時間。

請[1-1]
詞性：動詞　ㄑㄧㄥˇ

造句　**請**幫我拿一下東西。

說明　你幫我拿一下東西，好嗎？這是很有禮貌的說話。

請[1-2]
詞性：動詞　ㄑㄧㄥˇ

造句　爸爸今晚在餐館**請**朋友吃飯。

說明　爸爸今晚花錢跟朋友一起在餐館吃飯。

請

詞性：動詞　ㄑㄧㄥˇ

造句：媽媽在週末**請**人打掃屋子。

說明：媽媽在週末花錢叫別人打掃我們的屋子。

【請假】

詞性：動詞　ㄑㄧㄥˇ ㄐㄧㄚˋ

造句：小敏病了，今天**請假**不上學。

說明：小敏跟老師說她病了，不上學了。

【請問】

詞性：動詞　ㄑㄧㄥˇ ㄨㄣˋ

造句：**請問**，捷運站在哪裡？

說明：表示很有禮貌地問別人問題。「請問」應該放在句子的前面。

課

詞性：名詞　ㄎㄜˋ

造句：老師今天講第七**課**。

說明：老師今天講課本裡的第七部分。

【沒課】

詞性：動詞　ㄇㄟˊ ㄎㄜˋ

造句：明天整天都**沒課**。

說明：我們明天上午、下午都不用到學校。

【有課】

詞性：動詞　ㄧㄡˇ ㄎㄜˋ

造句：除了週末，我們每天都**有課**。

說明：都要到學校學習。

【課文】

詞性：名詞　ㄎㄜˋ ㄨㄣˊ

造句：我們的語文課本有二十篇**課文**。

說明：「課文」是一本課本裡面的文章。

【課本】

詞性：名詞　ㄎㄜˋ ㄅㄣˇ

造句　新學期我們都有新課本。

說明　「課本」是一本書。你用它來學習。

誰[1-1]

詞性　代詞　ㄕㄟˊ

造句　你們的語文老師是誰？

說明　哪一個人？是李老師還是張老師？這裡的「誰」用在疑問句。

誰[1-2]

詞性　代詞　ㄕㄟˊ

造句　誰也不知道小明去哪裡了。

說明　哪一個人。表示沒有人知道。

豬　ㄓㄨ

【豬肉】　詞性　名詞　ㄓㄨ　ㄖㄡˋ

造句　我喜歡吃牛肉，不喜歡吃豬肉。

說明　「豬」是一種鼻子和嘴巴長，耳朵大，有四條腿的動物。豬肉可以吃。

賠

詞性　動詞　ㄆㄟˊ

造句　我丟了小敏的筆，我來賠。

說明　我給小敏錢，或者買一支新筆給她。

賣

詞性　動詞　ㄇㄞˋ

造句　哥哥把舊的腳踏車賣了。

說明　哥哥給別人舊的腳踏車，別人給他錢。

【賣光】　詞性　動詞　ㄇㄞˋ　ㄍㄨㄤ

造句　蘋果已經賣光，我只好買香蕉。

說明　蘋果賣得一個也沒有了。

踢 ㄊㄧ

【踢足球】 詞性 動詞 ㄊㄧ ㄗㄨˊ ㄑㄧㄡˊ

造句 你喜歡**踢足球**還是打籃球？

說明 「踢」是使勁用腳碰別的東西。

踩 ㄘㄞˇ

詞性 動詞

造句 哎喲，你**踩**到我的腳了。

說明 你的腳踏在我的腳上。

躺 ㄊㄤˇ

詞性 動詞

造句 我很睏，想在床上**躺**一會兒。

說明 身體倒在床上休息或者睡覺。

輛 ㄌㄧㄤˋ

詞性 量詞

造句 我們剛買了一**輛**新的汽車。

說明 用在「汽車」前面。

輪 ㄌㄨㄣˊ

【輪流】 詞性 副詞 ㄌㄨㄣˊ ㄌㄧㄡˊ

造句 他們倆**輪流**做飯，每人做一天。

說明 一個人做一天，第二天另一個人做。

適 ㄕˋ

【適用】 詞性 形容詞 ㄕˋ ㄩㄥˋ

造句 電腦太大，桌子太小，不**適用**。

說明 用電腦不方便。

【適合】 詞性 動詞 ㄕˋ ㄏㄜˊ

造句 這條魚做得很**適合**我的口味。

十五畫

說明
這條魚的味道是我很喜歡吃的味道。

鄰 ㄌㄧㄣˊ

【鄰居】詞性 名詞 ㄌㄧㄣˊ ㄐㄩ

造句 小明是我的**鄰居**，我認識他。

說明
小明家和我家離得很近。

鋪 詞性 動詞 ㄆㄨ

造句 媽媽在桌子上**鋪**了一塊布。

說明
把布打開蓋在桌子上。

鞋 詞性 名詞 ㄒㄧㄝˊ

造句 小敏腳上穿的這雙**鞋**真好看。

說明
我們腳上穿鞋，在地面走。

養[1-1] 詞性 動詞 ㄧㄤˇ

造句 他一個人要**養**三個孩子。

說明
他一個人工作。要給三個孩子吃的、穿的、用的。

養[1-2] 詞性 動詞 ㄧㄤˇ

造句 叔叔**養**了一隻狗。

說明
叔叔每天給狗吃的，帶牠出去散步。

餓 詞性 動詞 ㄜˋ

造句 我沒吃早飯，現在**餓**了。

說明
我現在肚子裡空空的，想吃飯。

墨 詞性 名詞 ㄇㄛˋ

造句 寫字得用毛筆蘸**墨**寫。

說明 用來寫字的黑色的水。

憋 ㄅㄧㄝ

【憋尿】 詞性 動詞 ㄅㄧㄝ ㄋㄧㄠˋ

造句 我**憋**著**尿**想要上廁所。

說明 使勁不讓尿尿出來。

十六畫

儘 ㄐㄧㄣˇ

【儘量】 詞性 副詞 ㄐㄧㄣˇ ㄌㄧㄤˊ

造句 今天很冷，我**儘量**不出去。

說明 我能不出去就不出去。

學 ㄒㄩㄝˊ

詞性 動詞

造句 小敏想**學**跳舞；小明想**學**游泳。

說明 他們想有人教他們，使小敏會跳舞，使小明會游泳。

【學生】 詞性 名詞 ㄒㄩㄝˊ ㄕㄥ

造句 他們都是李老師教的**學生**。

說明 在學校裡學習的人。

【學校】 詞性 名詞 ㄒㄩㄝˊ ㄒㄧㄠˋ

造句 這是一所很好的**學校**。

說明 學生們學習的地方。

1【學習】 詞性 名詞 ㄒㄩㄝˊ ㄒㄧˊ

造句 我父母都很關心我的**學習**。

說明 他們都很關心我學什麼，學得怎麼樣。

2
【**學習**】 詞性 動詞 ㄒㄩㄝˊ ㄒㄧˊ

造句 爺爺希望我好好**學習**。

說明 爺爺希望我能學到很多東西，而且都能記住。

【**學期**】 詞性 名詞 ㄒㄩㄝˊ ㄑㄧˊ

造句 上**學期**的課太多了，眞累。

說明 上學期是每年九月到放寒假，下學期是二月到放暑假。

操 ㄘㄠ

【**操場**】 詞性 名詞 ㄘㄠ ㄔㄤˇ

造句 小明每天早晨在**操場**上跑步。

說明 操場就是在學校裡給同學運動、遊玩的地方。

撿 ㄐㄧㄢˇ

詞性 動詞

造句 弟弟在**撿**地上的葉子。

說明 地上有葉子，弟弟用手拿。

【**撿起來**】 詞性 動詞 ㄐㄧㄢˇ ㄑㄧˇ ㄌㄞˊ

造句 衣服掉地上了，**撿起來**吧。

說明 用手把地上的衣服拿起來。

擔 ㄉㄢ

【**擔心**】 詞性 動詞 ㄉㄢ ㄒㄧㄣ

造句 我沒考好，很**擔心**自己的成績。

說明 很擔心自己得到不好的成績。

整 ㄓㄥˇ

【整個】詞性 形容詞 ㄓㄥˇ ˙ㄍㄜ

造句 **整個**下午，我們都在打掃房間。

說明 下午我們都一直在打掃房間，沒做別的事情。

【整齊】詞性 形容詞 ㄓㄥˇ ㄑㄧˊ

造句 姊姊的房間眞**整齊**。

說明 房間裡一點都不亂，東西都放在應該放的地方。

【整整】詞性 副詞 ㄓㄥˇ ㄓㄥˇ

造句 我等了她**整整**一個小時。

說明 從八點等到九點，一分鐘也不差。

樹 詞性 名詞 ㄕㄨˋ

造句 我家門前有一棵**樹**。

說明 一種有很多葉子的植物。

橋 詞性 名詞 ㄑㄧㄠˊ

造句 有了這座**橋**，人們過河眞方便。

說明 人們可以走著或開著、騎著車從河的這一邊到那一邊。

機 ㄐㄧ

【機場】詞性 名詞 ㄐㄧ ㄔㄤˇ

造句 爸爸坐計程車趕去**機場**。

說明 機場就是乘搭飛機的地方。

1 燒 詞性 名詞 ㄕㄠ

造句 小敏的**燒**退了，媽媽放心了。

說明 小敏感冒發燒，現在她身體的溫度降下來了。

燒[2-1]

詞性：動詞　ㄕㄠ

造句 我不小心把衣服**燒**了一個洞。

說明 衣服遇到火穿了一個洞。

燒[2-2]

詞性：動詞　ㄕㄠ

造句 我**燒**了一個晚上，很不舒服。

說明 整個晚上我身體溫度都很高，沒降下來。

燒[2-3]

詞性：動詞　ㄕㄠ

造句 媽媽正在**燒**水沖茶。

說明 把冷的水變成沸騰的水，沸騰的水才能沖茶喝。

燒[2-4]

詞性：動詞　ㄕㄠ

造句 爸爸可會**燒**魚了，我們都愛吃。

說明 用火把不能吃的變成能吃的。

燙[1]

詞性：動詞　ㄊㄤˋ

造句 別摸，這杯水**燙**手。

說明 別摸，這杯水溫度很高，摸了，手會感覺很痛。

燙[2]

詞性：形容詞　ㄊㄤˋ

造句 這杯水很**燙**，過一會兒再喝吧。

說明 這杯水溫度很高，等溫度不那麼高再喝

糖 名詞 ㄊㄤˊ

造句 這杯牛奶裡放了糖，那杯沒放。

說明 這杯牛奶裡放了糖，是甜的，那杯沒放，不甜。

興 ㄒㄧㄥˋ

【興趣】 詞性 名詞 ㄒㄧㄥˋ ㄑㄩˋ

造句 哥哥對足球比賽特別有興趣。

說明 哥哥非常注意足球比賽並且很喜歡看。

褲 ㄎㄨˋ

【褲子】 詞性 名詞 ㄎㄨˋ ˙ㄗ

造句 小敏今天穿裙子，不穿褲子。

說明 我們在腰的下面穿的，有兩條褲腿的衣

服

貓

詞性 名詞 ㄇㄠ

造句 我家有一隻小花貓，很好玩。

說明 一種小動物，四條腿，身上黑色、白色或其他花色，會喵喵叫。

輸

詞性 動詞 ㄕㄨ

造句 比賽中他跑得比我快，我輸了。

說明 誰跑得快誰贏，我跑得比他慢，所以輸了。

辦

詞性 動詞 ㄅㄢˋ

造句 這件事讓她去辦。

說明 讓她去做。

【怎麼辦】 詞性 動詞 ㄗㄣˇ ˙ㄇㄜ ㄅㄢˋ

造句 門鎖著，進不去，怎麼辦呢？

說明 怎樣才能進去呢？

【辦公】 詞性 動詞 ㄅㄢˋ ㄍㄨㄥ

造句 下班時間過了，沒有人辦公了。

說明 在辦公室做事。

【辦公室】 詞性 名詞 ㄅㄢˋ ㄍㄨㄥ ㄕˋ

造句 我爸爸的辦公室在五樓。

說明 辦公的地方在五樓。

【辦法】 詞性 名詞 ㄅㄢˋ ㄈㄚˇ

造句 我們都覺得這個辦法好。

說明 都覺得這樣做好。

【有辦法】 詞性 動詞 ㄧㄡˇ ㄅㄢˋ ㄈㄚˇ

造句 這件事不難，我有辦法。

說明 我知道該怎麼做。

【沒辦法】 詞性 動詞 ㄇㄟˊ ㄅㄢˋ ㄈㄚˇ

造句 我想了半天，還是沒辦法。

說明 還是不知道該怎麼做。

遲 ㄔˊ

【遲到】 詞性 動詞 ㄔˊ ㄉㄠˋ

造句 現在已經過了八點，你遲到了。

說明 八點上課，你過了八點才來，你來晚了。

醒 詞性 動詞 ㄒㄧㄥˇ

說明 我早上六點就眼睛張開，不再睡了。

錶

詞性 名詞　ㄅㄧㄠˇ

造句 爸爸送了一只**錶**給媽媽。

說明 戴在手上。用來看時間的。

【錶快了】

詞性 小句　ㄅㄧㄠˇ ㄎㄨㄞˋ ˙ㄌㄜ

造句 我的**錶快了**五分鐘。

說明 現在是八點，我的錶是八點五分。

【錶慢了】

詞性 小句　ㄅㄧㄠˇ ㄇㄢˋ ˙ㄌㄜ

造句 他的**錶慢了**三分鐘。

說明 現在是九點，他的錶是八點五十七分。

錯

詞性 名詞　ㄘㄨㄛˋ

造句 這是我的**錯**，不是小明的**錯**。

說明 是我做了不對的事情，小明沒有做不對的事情。

錯 2

詞性 形容詞　ㄘㄨㄛˋ

造句 這個字**錯**了，你再寫一遍。

說明 你的字寫得不對。

【錯字】

詞性 名詞　ㄘㄨㄛˋ ㄗˋ

造句 這裡有幾個是**錯字**，看到了嗎？

說明 寫得不對的字。

錢

詞性 名詞　ㄑㄧㄢˊ

造句 我沒帶**錢**，什麼也買不了。

說明　有錢，可以買東西。沒錢，買不了東西。

隨[1]

詞性　動詞　ㄙㄨㄟˊ

造句　這件衣服買不買**隨**你。

說明　買不買這件衣服由你決定，喜歡就買，不喜歡就不買。

隨[2]

詞性　介詞　ㄙㄨㄟˊ

造句　我**隨**父母搬到了臺北。

說明　我們原來不住臺北，後來我父母搬來臺北，我就跟他們一起到臺北了。

【隨便】

詞性　副詞　ㄙㄨㄟˊ　ㄅㄧㄢˋ

造句　這些水果，你們可以**隨便**吃。

說明

靜

詞性　形容詞　ㄐㄧㄥˋ

造句　考試的時候，教室裡**靜**極了。

說明　沒有人說話，聽不到什麼聲音。

頭

詞性　名詞　ㄊㄡˊ

造句　你**頭**上戴的帽子很好看。

說明　人的身體戴帽子的地方。

【頭痛】

詞性　動詞　ㄊㄡˊ　ㄊㄨㄥˋ

造句　我睡不好覺就**頭痛**。

說明　我每次沒睡好，頭就很不舒服。

【頭髮】

詞性　名詞　ㄊㄡˊ　ㄈㄚˇ

造句　我爺爺的**頭髮**全白了。

人的頭上長的毛。

十七畫

壓

詞性｜動詞　ㄧㄚ

造句　這盒子裡有蛋糕，不能**壓**。

說明　不能使勁按在上面。

【壓住】　詞性｜動詞　ㄧㄚ　ㄓㄨˋ

造句　你的手**壓住**我的書。

說明　你的手按在我的書上了。

幫[1]

詞性｜動詞　ㄅㄤ

造句　姊姊**幫**媽媽做飯。

說明　媽媽一個人做飯太忙，姊姊在旁邊做點事。

幫[2]

詞性｜介詞　ㄅㄤ

造句　妹妹**幫**我拿雨傘。

說明　我拿的東西太多，沒法拿雨傘；雨傘由妹妹拿著。

【幫忙】　詞性｜動詞　ㄅㄤ　ㄇㄤˊ

造句　他們在搬椅子，我過去**幫忙**。

說明　我過去跟他們一起搬椅子，讓他們不會太累。

【幫助】　詞性｜動詞　ㄅㄤ　ㄓㄨˋ

造句　姊姊**幫助**我學英文。

說明　我學不好，姊姊教我。

應 ㄧㄥ

【應該】 詞性：助動詞 ㄧㄥ ㄍㄞ

造句：你**應該**早點兒告訴他。

說明：如果你能早點兒告訴他，那就好。

懂

詞性：動詞 ㄉㄨㄥˇ

造句：他說的那句話我現在**懂**了。

說明：我現在知道他想說什麼了。

【懂得】 詞性：動詞 ㄉㄨㄥˇ ˙ㄉㄜ

造句：上學以後，我**懂得**很多東西。

說明：我知道了，學會了很多東西。

戴

詞性：動詞 ㄉㄞˋ

造句：冬天他常常**戴**著帽子。

說明：我們在頭上戴帽子，在眼睛前戴眼鏡，在手上戴手錶或者戴手套。

擠[1]

詞性：動詞 ㄐㄧˇ

造句：那張三人沙發上**擠**了四個人。

說明：四個人緊緊靠在一起。

擠[2]

詞性：形容詞 ㄐㄧˇ

造句：早上上學的時候，公車會很**擠**。

說明：公車裡面人太多，上下車都有困難。

擦

詞性：動詞 ㄘㄚ

造句：桌子髒了，你**擦**一下。

說明：讓桌子上面沒有髒東西。

牆

詞性：名詞 ㄑㄧㄤˊ

造句 教室**牆**上掛著臺北地圖。

說明 教室上面叫天花板，下面叫地板，四面就叫「牆」。

糟

詞性 形容詞 ㄗㄠ

造句 奶奶的身體很**糟**。

說明 奶奶的身體很不好，常常生病。

1【糟糕】 詞性 形容詞 ㄗㄠ ㄍㄠ

造句 這部電影十分**糟糕**，我不喜歡。

說明 十分不好，沒幾個人喜歡。

2【糟糕】 詞性 感嘆詞 ㄗㄠ ㄍㄠ

造句 **糟糕**！我忘了帶課本！

說明 我記性眞不好，怎麼會把課本忘記呢？

縮

ㄙㄨㄛ

【縮進】 詞性 動詞 ㄙㄨㄛ ㄐㄧㄣˋ

造句 小孩把身體**縮進**被子裡。

說明 小孩的身體本來在被子的外面，後來又進到被子裡面去。

聲

ㄕㄥ

【聲音】 詞性 名詞 ㄕㄥ ㄧㄣ

造句 我聽見他們說話的**聲音**。

說明 我用耳朵感覺到了他們在說話。

聰

ㄘㄨㄥ

【聰明】 詞性 形容詞 ㄘㄨㄥ ㄇㄧㄥˊ

造句 小敏很**聰明**，學什麼都很快。

說明 她能聽懂，而且能記住東西。

臉 ㄌㄧㄢˇ

詞性 名詞

造句 你出汗了，擦擦**臉**吧。

說明 人的頭前面的部分，有眼睛、鼻子、嘴巴。

臨 ㄌㄧㄣˊ

【臨時】 ㄌㄧㄣˊ ㄕˊ

詞性 副詞

造句 今晚我們**臨時**決定上街吃飯。

說明 原來打算在家裡吃飯，後來我們剛剛改成去街上吃。

薄 ㄅㄛˊ

詞性 形容詞

造句 這本書很**薄**，不到一百頁。

說明 這本書很薄，只有九十頁；那本書很厚，有五百頁。

講[1-1] ㄐㄧㄤˇ

詞性 動詞

造句 姊姊會**講**英文。

說明 會用英文跟別人說話。

講[1-2] ㄐㄧㄤˇ

詞性 動詞

造句 老師**講**了，明天測驗。

說明 老師說過了，明天測驗。

【給…講】 ㄍㄟˇ…ㄐㄧㄤˇ

詞性 動詞

造句 今天老師**給**我們**講**了第七課。

說明 第七課學的是什麼東西，老師說了，我們聽了。

謝 ㄒㄧㄝˋ

1 【謝謝】 詞性：動詞 ㄒㄧㄝˋ ·ㄒㄧㄝ

造句 **謝謝**你對我的幫助。

說明 我很有禮貌地說：「你幫助了我，你眞好」。

2 【謝謝】 詞性：感謝語 ㄒㄧㄝˋ ·ㄒㄧㄝ

造句 這是送給你的禮物。——**謝謝**！

說明 別人送給你禮物，你應該說一句禮貌的話。

避 ㄅㄧˋ

【避雨】 詞性：動詞 ㄅㄧˋ ㄩˇ

造句 下雨了，我在公車站**避雨**。

說明 進了公車站就不擔心下雨了。

【避開】 詞性：動詞 ㄅㄧˋ ㄎㄞ

造句 有車！大家**避開**。

說明 走開，不要停留在汽車經過的地方。

還 ^1-1^

詞性：副詞 ㄏㄞˊ

造句 他前天病了，今天**還**沒好。

說明 從前天到今天他一直在生病。

還 ^1-2^

詞性：副詞 ㄏㄞˊ

造句 我這次考試**還**不錯。

說明 不是很好，但比較好，我比較滿意。

【比…還】 詞性：動詞 ㄅㄧˇ…ㄏㄞˊ

造句 我快，他比我**還**快。

說明 我用了三分鐘，他用了兩分鐘。

1-1 **【還是】** 詞性｜副詞 ㄏㄞˊ ㄕˋ

造句 他沒搬家，**還是**住在東門。

說明 一直住在東門。

1-2 **【還是】** 詞性｜副詞 ㄏㄞˊ ㄕˋ

造句 今天別去了，**還是**明天去吧。

說明 我覺得明天去比較好。

2 **【還是】** 詞性｜連詞 ㄏㄞˊ ㄕˋ

造句 你們打算去臺中**還是**去臺南？

說明 你們可以去臺中，也可以去臺南。你們選哪個地方？「還是」只用在疑問句。

還

詞性｜動詞 ㄏㄨㄢˊ

造句 借了人家的東西要**還**。

說明 人家的東西，借了用完就要送回給人家。

【還書】 詞性｜動詞 ㄏㄨㄢˊ ㄕㄨ

造句 我得去圖書館**還書**。

說明 把從圖書館借的書送回去。

【還給】 詞性｜動詞 ㄏㄨㄢˊ ㄍㄟˇ

造句 我把腳踏車**還給**小明了。

說明 我借了小明的腳踏車，現在送回給他了。

醜

詞性｜形容詞 ㄔㄡˇ

造句 小明以前很**醜**，現在好看多了。

說明 很不好看。

雖 ㄙㄨㄟ

【雖然】 詞性 連詞 ㄙㄨㄟ ㄖㄢˊ

造句 **雖然**我沒見過小明，但我知道他。

說明 我沒見過小明，但我是知道他的。

【雖然……但是】 詞性 關聯詞 ㄙㄨㄟ ㄖㄢˊ……ㄉㄢˋ ㄕˋ

造句 **雖然**他是鄰居，**但是**我跟他不熟。

說明 他住在我家隔壁，我們很少見面，很少說話。

顆

詞性 量詞 ㄎㄜ

造句 小弟弟剛長出兩**顆**牙。

說明 用在「牙」的前面。

餵

詞性 動詞 ㄨㄟˋ

造句 妹妹才一歲，還需要**餵**。

說明 還不會自己吃飯，還需要大人把飯送進她口裡。

點 1-1

詞性 名詞 ㄉㄧㄢˇ

造句 現在是上午十**點**。

說明 「點」表示時間，用在數字一到十二的後面。

點 1-2

詞性 名詞 ㄉㄧㄢˇ

造句 「我」字右上角有一**點**。

說明 小小的，圓圓的筆畫。

點[2]

詞性：動詞　ㄉㄧㄢˇ

造句　哥哥在**點**手裡的錢。

說明　哥哥在數手裡有多少錢。

【點心】詞性：名詞　ㄉㄧㄢˇ ㄒㄧㄣ

造句　大家一邊喝茶，一邊吃**點心**。

說明　餅乾、蛋糕等食品。

【點火】詞性：動詞　ㄉㄧㄢˇ ㄏㄨㄛˇ

造句　媽媽在廚房**點**了**火**，開始做飯。

說明　使廚房裡的爐子點著火了。

【點菜】詞性：動詞　ㄉㄧㄢˇ ㄘㄞˋ

造句　爸爸在餐館裡**點**了四個**菜**。

說明　要了四個菜來吃。

【點頭】詞性：動詞　ㄉㄧㄢˇ ㄊㄡˊ

造句　他問我去不去，我**點頭**說想去。

說明　點頭就是上下擺動頭，表示同意。

擺

ㄅㄞˇ

【擺手】詞性：動詞　ㄅㄞˇ ㄕㄡˇ

造句　小孩**擺手**說不要。

說明　手往左往右動。

【擺桌子】詞性：動詞　ㄅㄞˇ ㄓㄨㄛ ˙ㄗ

造句 晚飯做好了，我來**擺桌子**。

說明 把碗和筷子放在桌子上，準備吃飯。

【擺脫】 詞性 動詞 ㄅㄞˇ ㄊㄨㄛ

造句 我好不容易才**擺脫**了小狗。

說明 不讓小狗跟著我。

【擺著】 詞性 動詞 ㄅㄞˇ ˙ㄓㄜ

造句 爸爸的桌子上**擺著**我的照片。

說明 爸爸的桌子上有我的照片。

斷 ㄉㄨㄢˋ

詞性 動詞

造句 我們使勁拉，繩子就**斷**了。

說明 繩子變成了兩段。

櫃 ㄍㄨㄟˋ

【櫃子】 詞性 名詞 ㄍㄨㄟˋ ˙ㄗ

造句 我桌子的旁邊是個**櫃子**。

說明 一個立著的大家具，裡面可以放書、放衣服。

禮 ㄌㄧˇ

【禮物】 詞性 名詞 ㄌㄧˇ ㄨˋ

造句 生日那天，大家送我很多**禮物**。

說明 送給我很多東西。

【禮拜】 詞性 名詞 ㄌㄧˇ ㄅㄞˋ

造句 這個**禮拜**我們搬家。

說明 一星期有七天，我們在這段時間裡搬家。

【禮堂】 詞性 名詞 ㄌㄧˇ ㄊㄤˊ

造句 開學那天，我們在禮堂開會。

說明 學校裡面集合大家開會或宣布事情的地方。

【禮貌】 詞性 名詞 ㄌㄧˇ ㄇㄠˋ

造句 小敏很懂禮貌，她讓座給老人。

說明 懂得怎樣對別人好。

【對…有禮貌】 詞性 動詞 ㄉㄨㄟˋ…ㄧㄡˇ ㄌㄧˇ ㄇㄠˋ

造句 媽媽教我必須對別人有禮貌。

說明 必須對別人講禮貌，對別人好。

翻 詞性 動詞 ㄈㄢ

造句 腳踏車翻了，我摔了下來。

說明 腳踏車倒在地上了。

舊1-1 詞性 形容詞 ㄐㄧㄡˋ

造句 你說的電話號碼是舊的。

說明 以前是用這個電話號碼，現在不用了。

舊1-2 詞性 形容詞 ㄐㄧㄡˋ

造句 我家的車開了十年，太舊了。

說明 用了很長時間，樣子跟現在的產品很不一樣。

藏 詞性 動詞 ㄘㄤˊ

造句 小敏把我的書藏起來了。

說明 她把書放在我找不到的地方。

藍 ㄌㄢˊ
詞性｜形容詞

造句 今天是晴天，天空很**藍**。

說明 有太陽的時候，天空的顏色。

蟲 ㄔㄨㄥˊ

【蟲子】 ㄔㄨㄥˊ ˙ㄗ
詞性｜名詞

造句 白菜葉子上有一條**蟲子**。

說明 很小的動物。

轉 ㄓㄨㄢˋ
詞性｜動詞

造句 腳踏車壞了，後輪不**轉**了。

說明 輪子不能往前和往後動了。

轉1-1 ㄓㄨㄢˇ
詞性｜動詞

造句 下學期有兩個同學**轉**學。

說明 這兩個同學原來在我們班上課，從下學期開始他們到別的學校上課了。

轉1-2 ㄓㄨㄢˇ
詞性｜動詞

造句 你騎腳踏車到路口往左**轉**。

說明 你騎到路口不要再往前騎，應該向左手方向騎。

轉1-3 ㄓㄨㄢˇ
詞性｜動詞

造句 請幫我把這件禮物**轉**給小敏。

說明 我無法自己給小敏，請你幫我把禮物交給她。

【轉車】 ㄓㄨㄢˇ ㄔㄜ
詞性｜動詞

造句 從我家到這裡得**轉**兩次**車**。

說明 開始坐一輛公車，然後再坐另一輛公車才到。

【轉晴】 詞性｜動詞　ㄓㄨㄢˇ ㄑㄧㄥˊ

造句　下了兩天雨，今天**轉晴**了。

說明　今天雨停了，慢慢地有太陽了。

醫　ㄧ

【醫生】 詞性｜名詞　ㄧ ㄕㄥ

造句　你感冒兩天了，看**醫生**了沒有？

說明　「醫生」是幫病人看病的人。

【醫院】 詞性｜名詞　ㄧ ㄩㄢˋ

造句　奶奶生病了，姊姊陪她上**醫院**。

說明　醫生給病人看病的地方，叫「醫院」。

鬆[1]　詞性｜動詞　ㄙㄨㄥ

造句　書包背帶太緊，你**鬆**一下。

說明　讓書包背帶不要太緊，這樣背起來舒服點。

鬆[2]　詞性｜形容詞　ㄙㄨㄥ

造句　鞋帶太**鬆**了，要綁緊一點。

說明　鞋帶太鬆，腳跟鞋子沒貼緊，容易摔倒。

十九畫

離[1-1]　詞性｜介詞　ㄌㄧˊ

造句　你家**離**學校近嗎？——不，很遠。

說明　學校是一個地點。這裡表示你家和學校之間遠還是近。

離[1-2]

詞性 介詞　ㄌㄧˊ

造句　今天**離**我的生日還有三天。

說明　我的生日是一個時間。這裡表示今天和我的生日之間有多少日子。

【離開】詞性 動詞　ㄌㄧˊ ㄎㄞ

造句　我是下午四點**離開**教室的。

說明　從教室到別的地方去。

雙[1-1]

詞性 量詞　ㄕㄨㄤ

造句　我買了一**雙**鞋，兩**雙**襪子。

說明　用在「鞋、襪子」前面。

雙[1-2]

詞性 量詞　ㄕㄨㄤ

造句　桌子上擺了四**雙**筷子。

說明　用在「筷子」前面。

雞

詞性 名詞　ㄐㄧ

造句　公**雞**的頭上有雞冠，母**雞**沒有。

說明　雞有兩條腿，會咯咯叫。

【雞蛋】詞性 名詞　ㄐㄧ ㄉㄢˋ

造句　早飯是一杯牛奶和一個**雞蛋**。

說明　母雞生下來的蛋。

顏

ㄧㄢˊ

【顏色】詞性 名詞　ㄧㄢˊ ㄙㄜˋ

造句　花開了有紅的，黃的，**顏色**可好看。

說明　紅是一種「顏色」，「黃」也是一種「顏色」。

題
詞性　名詞　ㄊㄧˊ

造句　這次考試的**題**不難。

說明　考試的時候老師問學生的問題。

騎
詞性　動詞　ㄑㄧˊ

造句　我是**騎**腳踏車來的。

說明　坐在腳踏車上面用腳使它往前走。

壞 1-1
詞性　形容詞　ㄏㄨㄞˋ

造句　有些人喜歡騙小孩，很**壞**。

說明　有些人對小孩很不好。

壞 1-2
詞性　形容詞　ㄏㄨㄞˋ

造句　牛奶不放冰箱裡很快會**壞**。

說明　變得不好，不能喝。

懶
詞性　形容詞　ㄌㄢˇ

造句　考不好是自己**懶**。

說明　學習怕辛苦，不努力就會考不好。

繩
ㄕㄥˊ

【繩子】
詞性　名詞　ㄕㄥˊ　˙ㄗ

造句　小明在找一根**繩子**捆書。

說明　用來捆書、捆報紙的長長的東西。

藥
詞性　名詞　ㄧㄠˋ

造句　我吃了兩天**藥**，感冒就好了。

說明 你生病了就得吃「藥」，這樣病就沒有了。

贊 ㄗㄢˋ

【贊成】 詞性 動詞 ㄗㄢˋ ㄔㄥˊ

造句 你們倆一起去，我**贊成**。

說明 我同意，我覺得很好。

蹲 ㄉㄨㄣ

詞性 動詞

造句 小明**蹲**下來找鉛筆。

說明 小明的兩條腿彎曲著，像坐的樣子。

邊 ㄅㄧㄢ

詞性 名詞

造句 別把杯子放在桌子**邊**。

說明 不應該放在桌子的邊上，應該放在桌子的中間。

【一邊…一邊】 詞性 成對副詞 ㄧˋ ㄅㄧㄢ…ㄧˋ ㄅㄧㄢ

造句 我們一**邊**走，一**邊**唱歌。

說明 我們走路的時候唱著歌。

鏡 ㄐㄧㄥˋ

【鏡子】 詞性 名詞 ㄐㄧㄥˋ ˙ㄗ

造句 姊姊房間裡掛著一面**鏡子**。

說明 鏡子是用來照著看人或東西的，比如說：你梳頭的時候就需要一把鏡子照著來梳。

關 1-1 ㄍㄨㄢ

詞性 動詞

造句 下雨了，**關**窗戶吧。

說明 讓打開的窗戶不再打開。

關[1-2]

詞性｜動詞　ㄍㄨㄢ

造句　睡覺了，關燈吧。

說明　讓亮著的電燈不再亮。

【關不上】詞性｜動詞　ㄍㄨㄢ　ㄅㄨˊ　ㄕㄤˋ

造句　門壞了，關不上了。

說明　沒法把門關好。

【關心】詞性｜動詞　ㄍㄨㄢ　ㄒㄧㄣ

造句　媽媽很關心我們的身體。

說明　媽媽總是想著不讓我們生病，有健康的身體。

【關門】[1-1]詞性｜動詞　ㄍㄨㄢ　ㄇㄣˊ

造句　外面風大，請關門。

說明　不要讓門開著。

【關門】[1-2]詞性｜動詞　ㄍㄨㄢ　ㄇㄣˊ

造句　附近的商店幾點關門？

說明　不再賣東西了。

難

詞性｜形容詞　ㄋㄢˊ

造句　弟弟覺得學算術很難。

說明　弟弟覺得學算術不容易，得花很多時間才能學會。

【難受】詞性｜形容詞　ㄋㄢˊ　ㄕㄡˋ

造句　我肚子有點兒難受，不想吃。

說明　覺得身體（肚子）很不舒服。

【難看】詞性｜形容詞　ㄋㄢˊ　ㄎㄢˋ

造句 這條裙子太**難看**，小敏不想穿。

說明 「好看」是很漂亮；「難看」是有一點兒不漂亮。

【難過】

詞性 形容詞 ㄋㄢˊ ㄍㄨㄛˋ

造句 小狗不見了，弟弟**難過**得哭了。

說明 弟弟覺得心裡很不舒服，哭了起來。

願 ㄩㄢˋ

【願意】

詞性 助動詞 ㄩㄢˋ ㄧˋ

造句 我**願意**替他去一趟。

說明 他有事不能去，我同意替他去。

騙

詞性 動詞 ㄆㄧㄢˋ

造句 小明**騙**了我，他說他讀四年級。

說明 小明讀三年級，他故意說成讀四年級。他在撒謊，他騙了我。

二十畫

勸

詞性 動詞 ㄑㄩㄢˋ

造句 你太累了，我**勸**你休息一會兒。

說明 我希望你聽我的話，去休息一會兒。

癢

詞性 動詞 ㄧㄤˇ

造句 我背上很**癢**，老想用手抓。

說明 我背上有一個地方使我很不舒服，用手抓抓就舒服點兒。

籃 ㄌㄢˊ

1-1
【籃球】 詞性：名詞 ㄌㄢˊ ㄑㄧㄡˊ

造句 玩**籃球**用手，玩足球用腳。

說明 一種球，比足球大，比足球重，所以用手來玩。

1-2
【籃球】 詞性：名詞 ㄌㄢˊ ㄑㄧㄡˊ

造句 我們班下午跟他們比賽**籃球**。

說明 一種比賽，看誰能把球扔進籃子裡去，誰扔進最多，誰就贏。

【打籃球】 詞性：動詞 ㄉㄚˇ ㄌㄢˊ ㄑㄧㄡˊ

造句 小明個子高，很喜歡**打籃球**。

說明 很喜歡練習把球扔進籃子裡去。

繼 ㄐㄧˋ

1-1
【繼續】 詞性：動詞 ㄐㄧˋ ㄒㄩˋ

造句 我不能**繼續**等了，我得走了。

說明 我不能還在這裡等了。

1-2
【繼續】 詞性：動詞 ㄐㄧˋ ㄒㄩˋ

造句 別看電視了，吃完再**繼續**看吧。

說明 先不要看，停一停，然後再看。

覺 ㄐㄩㄝˊ

1-1
【覺得】 詞性：動詞 ㄐㄩㄝˊ ˙ㄉㄜ

造句 我弄髒了她的書，**覺得**很抱歉。

說明 心裡想，我對不起她。

1-2
【覺得】 詞性：動詞 ㄐㄩㄝˊ ˙ㄉㄜ

造句 穿上大衣，我**覺得**有點兒熱。

說明　我發現身體有點兒熱。

警

ㄐㄧㄥˇ

【警察】　詞性　名詞　ㄐㄧㄥˇ ㄔㄚˊ

造句　我們的車子不見了，快叫警察。

說明　「警察」是保護我們，不讓壞人做壞事的人。

贏

詞性　動詞　ㄧㄥˊ

造句　昨天足球比賽我們以三比一贏了。

說明　我們進了三球，他們才進了一球，我們「贏」了，他們輸了。

鐘

詞性　名詞　ㄓㄨㄥ

造句　我家客廳牆上有一個大鐘。

說明　用來看時間的，比手錶要大很多。

飄

詞性　動詞　ㄆㄧㄠ

造句　旗子飄起來很好看。

說明　有風的時候，旗子在空中來回動。

鹹

詞性　形容詞　ㄒㄧㄢˊ

造句　湯太鹹了，加點兒水吧。

說明　湯裡放的鹽太多了，味道就變得很「鹹」。

麵

詞性　名詞　ㄇㄧㄢˋ

造句　我只要一碗麵就夠吃了。

說明　長長的、細細的放在湯裡吃的東西。

【麵包】　詞性　名詞　ㄇㄧㄢˋ ㄅㄠ

造句 你餓了就先吃個麵包吧。

說明 用麵粉做的、烤出來吃的點心。

二一畫

爛

詞性 形容詞 ㄌㄢˋ

造句 香蕉放太久，就會爛，不能吃。

說明 香蕉壞掉了，吃了肚子不舒服。

襪 ㄨㄚˋ

【襪子】 詞性 名詞 ㄨㄚˋ ˙ㄗ

造句 這雙襪子穿在腳上正合適。

說明 你先穿襪子，然後穿鞋。

露

詞性 動詞 ㄌㄡˋ

造句 小敏穿著短裙子，腿露在外面。

說明 讓人家看見。

響[1]

詞性 動詞 ㄒㄧㄤˇ

造句 門鈴響了，他們到了。

說明 他們按門鈴想進來，門鈴發出聲音。

響[2]

詞性 形容詞 ㄒㄧㄤˇ

造句 這門鈴壞了，不那麼響了。

說明 門鈴壞了，發出的聲音不那麼大了。

彎[1]

詞性：動詞　ㄨㄢ

造句：小明突然彎下腰，看著地面。

說明：小明的頭和上身九十度對著地面。

彎[2]

詞性：形容詞　ㄨㄢ

造句：前面是一條彎路，騎車小心。

說明：前面的路不是直的。

灑

詞性：動詞　ㄙㄚˇ

造句：弟弟把杯子裡的牛奶灑了。

說明：讓杯子倒了，牛奶流到桌子上。

聽

詞性：動詞　ㄊㄧㄥ

造句：你聽，好像有人敲門。

說明：用耳朵知道你身邊有聲音。

【聽見】

詞性：動詞　ㄊㄧㄥ　ㄐㄧㄢˋ

造句：我聽見媽媽在唱歌。

說明：媽媽唱歌，我用耳朵知道媽媽在唱歌。

【聽說】

詞性：動詞　ㄊㄧㄥ　ㄕㄨㄛ

造句：聽說小明他家會搬到新竹去。

說明：不是小明跟我說的，我是聽別人說的。

襯

ㄔㄣˋ

【襯衫】

詞性：名詞　ㄔㄣˋ　ㄕㄢ

造句：哥哥穿上新的襯衫很帥。

說明　穿在外面，有袖子和領子的衣服。

讀[1-1]　詞性：動詞　ㄉㄨˊ

造句　你得跟著老師大聲讀。

說明　老師怎麼唸，你也怎麼唸，注意每一個字的音。

讀[1-2]　詞性：動詞　ㄉㄨˊ

造句　妹妹才六歲，剛讀小學。

說明　剛上小學讀書。

【讀書】　詞性：動詞　ㄉㄨˊ ㄕㄨ

造句　你在哪所學校讀書？

說明　你在哪所學校上學？

驕　ㄐㄧㄠ

【驕傲】　詞性：形容詞　ㄐㄧㄠ ㄠˋ

造句　她很漂亮，但是很驕傲。

說明　她覺得自己漂亮，可以看不起別人，不理別人。

髒　詞性：形容詞　ㄗㄤ

造句　他的衣服髒極了。

說明　他的衣服穿很久時間都沒洗，很不乾淨。

蘿　ㄌㄨㄛˊ

【蘿蔔】　詞性：名詞　ㄌㄨㄛˊ ˙ㄅㄛ

說明 一種蔬菜，長長的。

變

詞性 動詞 ㄅㄧㄢˋ

造句 我不太相信他，他老**變**。

說明 他總是一會這樣，一會那樣的。

【變化】

詞性 名詞 ㄅㄧㄢˋ ㄏㄨㄚˋ

造句 春天來了，要注意天氣的**變化**。

說明 要注意天氣一會冷，一會熱。

【沒變化】

詞性 動詞 ㄇㄟˊ ㄅㄧㄢˋ ㄏㄨㄚˋ

造句 這幾天的溫度**沒變化**。

說明 今天的溫度跟前幾天一樣。

【有變化】

詞性 動詞 ㄧㄡˇ ㄅㄧㄢˋ ㄏㄨㄚˋ

造句 日期**有變化**，我會告訴你。

說明 本來定在星期三，現在改在星期五。

【變成】

詞性 動詞 ㄅㄧㄢˋ ㄔㄥˊ

造句 我奶奶現在**變成**老太太了。

說明 原來不是，現在是。

讓[1-1]

詞性 動詞 ㄖㄤˋ

造句 媽媽**讓**你快回家。

說明 媽媽希望你快回家。

讓[1-2]

詞性：動詞　ㄖㄤˋ

造句：請讓一下，我要過去。

說明：請你往旁邊站，我才有地方走。

讓[2]

詞性：介詞　ㄖㄤˋ

造句：冰箱裡的牛奶讓弟弟喝光了。

說明：弟弟喝光了冰箱裡的牛奶。

【不讓】

詞性：動詞　ㄅㄨˋ ㄖㄤˋ

造句：圖書館裡不讓人大聲說話。

說明：圖書館裡不許大聲說話。大聲說話是很不禮貌的。

【讓座】

詞性：動詞　ㄖㄤˋ ㄗㄨㄛˋ

造句：公車上我們應該讓座給老人。

說明：把你坐著的位子給老人坐，這是很有禮貌的。

【讓路】

詞性：動詞　ㄖㄤˋ ㄌㄨˋ

造句：有一輛汽車過來了，大家讓路。

說明：大家往路的兩旁走，汽車才可以過去。

鹽

詞性：名詞　ㄧㄢˊ

造句：不要再放鹽了，湯夠鹹的了。

說明：「鹽」是使湯有鹹味，好喝。放多了，湯就會變太鹹，不好喝。

二五畫

鑰 ㄧㄠˋ

【鑰匙】ㄧㄠˋ ˙ㄕ 詞性 名詞

造句 我家的大門有三把鑰匙。

說明 「鑰匙」是用來開門的。

饞 ㄔㄢˊ

詞性 形容詞

造句 弟弟很饞，什麼都愛吃。

說明 看見好吃的東西就馬上想吃。

詞條總筆畫順序索引

詞條總筆畫索引

一畫

二畫

三畫

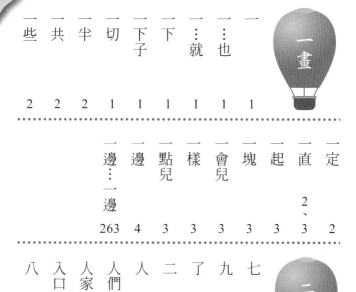

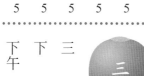

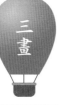

四畫

五畫

六畫

七畫

八畫

九畫

十畫

十一畫

十二畫

十三畫

十四畫

十五畫

十六畫

十九畫

二十畫

二一畫

二二畫

詞性總筆畫順序索引

詞性總筆畫索引

數詞

量詞

限定詞

名詞

代詞

助動詞

動詞

形容詞

副詞

成對副詞

介詞

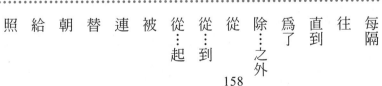

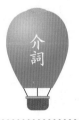

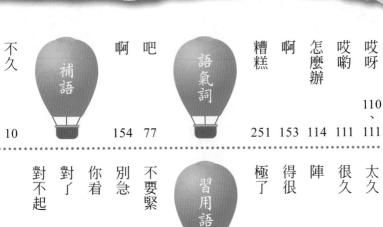

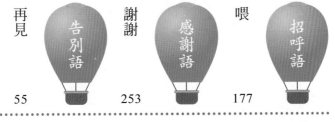

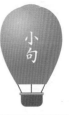

筆記頁

家圖書館出版品預行編目資料
學生詞性造句詞典／鄭定歐編著. ——
版.——臺北市：五南，2014.09
面；　公分.
BN 978-957-11-7741-0（平裝）
漢語詞典
2.39　　　　　103014675

1AM9

小學生詞性造句詞典

編 著 者— 鄭定歐（382.7）
發 行 人— 楊榮川
總 編 輯— 王翠華
企劃主編— 黃文瓊
責任編輯— 吳雨潔　莊菀琪
封面設計— 劉好音
內文版型— 劉好音
出 版 者— 五南圖書出版股份有限公司
地　　址：106台北市大安區和平東路二段339號4樓
電　　話：(02)2705-5066　　傳　真：(02)2706-6100
網　　址：http://www.wunan.com.tw
電子郵件：wunan@wunan.com.tw
劃撥帳號：01068953
戶　　名：五南圖書出版股份有限公司
台中市駐區辦公室/台中市中區中山路6號
電　　話：(04)2223-0891　　傳　真：(04)2223-3549
高雄市駐區辦公室/高雄市新興區中山一路290號
電　　話：(07)2358-702　　傳　真：(07)2350-236
法律顧問　林勝安律師事務所　林勝安律師
出版日期　2014年9月初版一刷
定　　價　新臺幣420元